新 潮 文 庫

源氏物語 九つの変奏

江國香織　角田光代　金原ひとみ
桐野夏生　小池昌代　島田雅彦
日和聡子　町田康　松浦理英子

新 潮 社 版

9171

目次

源氏物語　九つの変奏

帚木

ははきぎ

松浦理英子

原典のあらすじ

五月雨《さみだれ》の降り続く頃、源氏が宮中で長く物忌《ものい》みをしているところへ、頭《とう》の中将が訪れる。左の馬の頭《かみ》と藤式部《とうしきぶ》の丞《じょう》もやってきて、「雨夜の品定め」が始まり、さまざまな女性論が語られる。翌日、源氏は左大臣のもとを訪れるが、葵《あおい》の上《うえ》は相変わらずよそよそしかった。方違《かたたが》えのため訪れた紀伊守《きのかみ》の邸《やしき》には、紀伊守の父の後妻・空蟬《うつせみ》たちが居合わせていた。その夜源氏は空蟬のもとに忍びこみ、契《ちぎ》りを交わす。その後も源氏は空蟬のことが忘れられず、空蟬の弟・小君《こぎみ》をそば近く召しかかえ、文《ふみ》を届けさせたりする。折りをみて源氏はふたたび紀伊守の邸を訪れるが、空蟬は源氏と逢《あ》うのを拒絶する。

われらが光源氏《ひかるげんじ》の君は、その色ごとの数々を、ご本人が秘めていらしたことまでも、暴《あば》かれ噂《うわさ》に言い伝えられて、すっかり品行の悪い人物扱いですが、そして、こうして書き残しているわたくしこそが、まさに源氏の君のよからぬ評判を後世にまで語り伝えようとしている張本人の一人なのですが、実は源氏の君は、名うての色男には堅物《かたぶつ》と笑われるに違いない、一面まじめな方なのです。

もともと格別な思いもないのに情事に走ることはお好みではありません。そうした気の多い色男の系統ではなく、無理を通したばかりに恋が苦しいことになっても、なかなかお気持ちをお断ちになれない一途《いちず》な性分で、そこから、まれには感心しないおふるまいもなさってしまいます。よくも悪くも情の深いお方なのですね。それゆえ、わたくしたちは源氏の君を芯《しん》からは憎めないのです。何といっても、たいていの女がぐらりとする、またとない素晴らしいお姿をしていらっしゃいますしね。

これは、源氏の君がまだ中将の位についていらっしゃった頃のお話です。

晴れ間の見えない五月雨の頃、帝《みかど》の御物忌《おんものい》みが続いて、源氏の君も随分長い間宮中にお籠《こ》もりになり、その間には頭《とう》の中将やら左《ひだり》の馬《うま》の頭《かみ》やらといった朋輩《ほうばい》と女性談義に興じ、女は中《なか》の品《しな》の者が個性がはっきりしていて面白いだの、妻にするにはしっかりしていて物事に動じないのがいちばんだの、先達《せんだつ》の訓話をくさぐさお聞きになった宵もありました。源氏の君はことに、上《かみ》の品、中の品、下《しも》の品の違いについてご興味を持たれ、「三つの品をどう区別するのだ。たとえば、もともとは高い家柄に生まれながら凋落《ちょうらく》して、低い地位に甘んじ人並みの暮らしもできない者や、並みの位から上達部《かんだちめ》にまで出世して、得意げに家の中を飾りたて、人に引けを取るまいとしている者などは、どの品と見なせばいい」とお尋ねになったところ、そもそもは頭の中将の言い出した話でしたが、左の馬の頭が引き受けて「位が上がっても、もともとの家柄がそこまで高くなければ、世間の人はやはり、初めから家柄の高い者と同等には見ないものです。また、もとは高貴な家柄でしたのに、うまく世を渡る便宜が得られなくて、時世の流れのままに声望も衰えてしまいますと、志がどうあれ物事はうまく行かず、何かと不恰好《ぶかっこう》なことが出て来るもののようですから、諸々《もろもろ》かんがみますと、おっしゃった者はいずれも中の品とすべきですね。受領《ずりょう》といって地方を治める役につき、品の定まった者の中にもまた階層がありまして、昨今は、中の品の中からなかなかいい者を選び出すことができます。なまじっかな上達部よりも、参議ではない四位どもで、世間の評判もよく、もとの家柄も低くはない者が、ゆったりと暮らしているのは、たいへんすがすがしいではありませんか。そうした何不自由なさそうな家で、惜しみなく、まぶしいほど手をかけ教え育てた女などには、文句のつけようなく一人前になった者もたくさんあるはずです。宮仕えに出てご寵愛《ちょうあい》を得るというような、思いもかけない幸運に恵まれる例も多いのですからね」とご説明申し上げたものです。

さて、御物忌みも明け長雨もようやく上がった今日のこと。源氏の君も、ご無沙汰《ぶさた》続きの婚家の方のお心持ちを慮《おもんぱか》り、内裏を下がって左大臣宅へお顔をお出しになりました。葵《あおい》の上《うえ》のご様子は、相変わらずきわだって気高いたたずまいで、乱れたところは一糸もなく、やはりこの人こそは、先だっての女性談義の中で男連中が、言い落としてはならないとばかりに取り沙汰した、妻にするのにふさわしいまじめで頼りがいのある女性なのだろうな、とお思いにはなるのですが、あまりにもきちんとしておられて、うちとけづらいまでに高雅にお静かでいらっしゃるお姿には、しいてうちとけたいと思うほどの魅力をお感じになれず、ついついちょっと気のきいた若い女房たちと冗談口などかわしながら寛《くつろ》ぐ方をお選びになってしまうのです。どれほどお寛ぎかと言えば、やっていらした左大臣が、暑さに着物をゆるめた源氏の君に、几帳《きちょう》越しにお話しかけなさるのを、几帳のこちら側で源氏の君は「暑いのに」と渋いお顔をなさって見せ、女房たちが笑えば「しいっ」と制しなさる、それも脇息《きょうそく》に寄りかかったまま、という按配《あんばい》。女房たちはそんなくだけたお姿の色っぽさを眼福と喜びます。

暗くなった頃、女房の一人が「今宵は内裏からこちらへの方角は悪い方角でした」と申し上げます。「そうでした、いつもはお忌みになる方角でしたよ」と重ねられても、源氏の君は「二条のわたくしの所も同じ方角なんだから、どこへ方違えすればいいんだ。この暑苦しいのにやっていられないよ」と、そのままお休みになられました。「方違えなさらないなんて、たいへん縁起の悪いことですよ」と女房たちはなおも口々に申し上げます。また一人が「左大臣さまに近しくお仕えしている紀伊の守《かみ》の家が中川のあたりなのですが、この頃邸内に水を引き入れて、恰好の涼み所になっていますす」と申し上げます。すると源氏の君も「それはとてもいいね。面倒だから、牛ごと車を入れられる所にしよう」とおっしゃいます。おおっぴらにできない色がらみの方違え所ならたくさんあるはずの源氏の君が、そこにお決めになったのは、久しぶりにいらしたのに、方角が悪いからと気を変えてよその女のもとへ行かれた、と婚家の人たちがお取りになっては申しわけない、とお心配りなさったからでしょう。紀伊の守に世話になりたい由《よし》伝えれば、紀伊の守は承りはしたものの、内に下がってから「父、伊予《いよ》の介《すけ》の朝臣《あそん》の家に慎みごとがございまして、女たちが移って来ている時で、混み合っておりますから、失礼なことでもありましたら」とひそかに嘆息していたらしいのですが、それをお聞き及びになった源氏の君は「女たちの近くだということが嬉《うれ》しいのに。女と離れた外泊は寒々しい心地がするからな。女の几帳の後ろにでも寝かせてもらえればありがたいくらいだ」とおっしゃるので、おつきの者たちは「かえってけっこうなお休み所になりますから、ぜひお願いします」と、紀伊の守に知らせてやります。隠密《おんみつ》の、わざわざ人目に立たない所を選んでの急なご出発でしたので、左大臣にもおことわりせず、お供も特に気のおけない者だけにしぼってお出かけになりました。

紀伊の守側は「急なおなりで」と戸惑っていますが、源氏の君の側は気にも留めません。寝殿の東の部分をあけ払わせて、かりのお部屋をしつらえます。そうして落ちついた紀伊の守宅は、評判の水の趣向など、立派に風情《ふぜい》をかもすこしらえにしてあります。田舎家ふうの柴垣をめぐらせ、前栽《せんざい》なども心を配って植えているのです。風は涼しく、どこからともなく虫の声々が聞こえ、蛍は盛んに飛び乱れ、何とも情趣豊かです。おつきの者たちは、渡殿《わたどの》の、湧《わ》き出す泉を見下ろせる場所に陣取って、お酒を飲んでいます。主人の紀伊の守も、酒肴《しゅこう》を持って来させるのに、歌に出て来る磯《いそ》の若《わか》布《め》採りのように飛び回っており、そうした景色をゆったりと眺めていらっしゃる源氏の君は、例の女性談義の中で大いに語られた中の品というのは、このくらいの家なのだろう、と思い出しつつ考えておられたのでした。

一方、今この家に伊予の介の所から来ているのは、かねてから、しっかりと気位をそなえている、という噂の女なので、興味を惹《ひ》かれ耳をそばだてておられますと、寝殿の西の部分に人の気配がします。衣擦《きぬず》れの音がさやさやとして、若い声もいい感じです。のびやかなようでいて笑い声を抑えたりしている気配は、なかなか分別をわきまえたものと見えます。いっときは東側との境の格子《こうし》を上げてあったのですけれど、紀伊の守が不用意なと苦言を呈したせいで下ろされた今は、ともした灯の影が襖《ふすま》障子の向こうから漏れるばかりで、源氏の君はそろそろとお寄りになって、中を見ようとなさったところが、覗《のぞ》く隙間《すきま》もありませんでしたので、しばらく聞き耳を立てていらっしゃると、女たちはここに近い建物の中ほどに集まっているのでしょう、ささやき交わされることばをお耳にすれば、源氏の君ご自身のお噂のようなのです。「何だかすごくまじめみたいで、まだお若いのに、身分の高い正室がちゃんといらっしゃるのが、がっかりですね」などと言っているのにも、藤壺《ふじつぼ》の君への思いを心に秘めていらっしゃる源氏の君は、とたんに胸が騒いで、こういう折りに人が自分と藤壺の君のことに触れたりしたら、と恐れをお抱きになります。しかし、大した話も出ませんので、盗み聞くのをおやめになりました。が、なおも、式部卿《しきぶきょう》の宮の姫君に源氏の君が朝顔をお贈りになった際に詠《よ》んだ歌を、少し間違えて話しているのが聞こえて来ます。この者たちは悠々と歌を口ずさんだりして暮らしているのか、いかにも優雅だけれどどうせ姿を見れば垢《あか》ぬけなくて落胆するんだろうな、と源氏の君は想像なさいます。紀伊の守が出て来て、軒先の灯籠《とうろう》を足し、灯芯を出して明るくして、くだものだけを差し上げました。源氏の君が「とばり帳の用意はどうなっている。そちらの方面の心づくしもあってこそ、すばらしいもてなしになるのだが」と一夜の妻のことをおほのめかしになると、紀伊の守は「どういったおもてなしがよろしいか、お伺いするわけにもいきませんので」とかしこまるばかり。源氏の君が建物の端の方の敷布にひとまずといったふうにお休みになると、お供の者たちも静かにいたしました。

紀伊の守の所にいる子供が可愛《かわい》らしいのです。殿上《てんじょう》に上がっているので源氏の君も見憶《みおぼ》えがおありの子供もいます。伊予の介の先妻の子もいます。大勢の中には、とても優美な雰囲気の十二、三歳の者もいます。どれがどこの子供なのか、などとお尋ねになると、紀伊の守は「これは、亡《な》くなった衛門《えもん》の督《かみ》の末の子で、亡父に非常に可愛がられておりましたのに、幼い身空で取り残されてしまいましたので、姉の縁を頼ってここにおります。学問なども身につきそうで、素質は悪くないので、殿上童《てんじょうわらわ》のお役なども望ませていただいておりますが、たやすくはお仕えさせていただけないようです」と申し上げます。「不憫《ふびん》だな。この子の姉君というのは、おまえさんの二度目の母か」「さようでございます」源氏の君は「親らしからぬ若い母君を持つことになったものだね。帝もその人のことはお聞き及びで、『娘を宮仕えにお出ししたいと父親から控えめな申し出を受けたことがあったが、あの娘はあれからどうなったのだろう』と、いつぞやおっしゃっていたよ。それが今ではおまえさんの父親の後添えとは、世の中というものはどうなるかわからないものだね」と、老成したようにおっしゃいます。紀伊の守は「突然こういうことになったのですからね。世の中というもの、それほどどうなるかわからないものなのですね。とりわけ女の命運は定まりがたいのが悲しいものです」などと話します。「伊予の介は妻をだいじにしているのか。お姫さまと崇《あが》めているだろうな」「どれだけそうしていることでしょうか。自分にとっての主君と思い決めているようですが、あんなのはただの好色だろうと、わたくしを始め身内の者は、納得が行かないのですよ」「だって、おまえさんたち似合いの年恰好の若やいだ連中に、渡したくはなかろうよ。伊予の介は風流な伊達者《だてしゃ》だもの」などと話して、「で、母君らはどこに」とお尋ねになると、「みな下屋に下がらせましたが、まだ下がっていない者もあるかもしれません」とのこと。酔いが深まって、お供の者たちはみな簀《す》の子《こ》に横たわって寝静まりました。

源氏の君はやすらかにお眠りになれず、むなしい一人寝だとお感じになると、ますますお目が冴《さ》えて、ここの北の襖障子の先に人の気配がするのを、こちらが例のあの人のひそんでいる方向だろう、会いたい、とお心を惹かれ、おもむろに身を起こして立ち聞きなさると、先刻の子供の声がして、「お伺いします。どちらにいらっしゃるのですか」と、かすれ声も可愛らしく話しかけたのに答えて、女の声が「ここに寝ていますよ。お客さまはお休みになったかしら。どんなに近くにいらっしゃるかと思っていましたけれど、案に相違して、遠くだったのですね」と言います。寝入っていたらしいけだるげな声が、子供の声によく似ているところからすると、これが姉と察せられました。子供は「庇《ひさし》の間にお休みになられました。噂に高いお姿を拝見しましたら、ほんとうに素敵でしたよ」とささやきます。「昼だったら覗いて拝見させていただいたのに」と眠たげに答えて、夜具に顔を引き入れる音がします。源氏の君は、はがゆい、もっと興味を持っていろいろ尋ねるがいい、とつまらなくお感じになります。子供は「わたくしは端に寝かせていただきますよ。ああ疲れた」と言って、火を明るくしたようです。女は、ちょうどこの障子口の斜め向こうあたりに寝ていらっしゃるよう。「中将の君はどこですか。人と遠く離れているみたいで心細いのです」と女の声がすれば、長押《なげし》の下に寝ているらしい女房たちが「下屋にお湯を使いに下りて、『すぐ伺います』とのことです」と答えています。

誰もが寝静まったようですので、襖障子の掛金をためしにお引き上げになると、先方からは鍵《かぎ》をかけていませんでした。几帳を障子口に立ててあって、ほの暗い灯りでご覧になると、そこは唐櫃《からびつ》らしい物が置かれ雑然としており、その中へお分け入りになれば、女は一人でたいそう小さな姿で寝ています。女の方は、何となく変な感じを覚えはしたのですが、上掛けを押しやられるまで、近づいて来たのが、さっき呼んだ中将だと思っていたのです。源氏の君が「中将をお呼びでしたから、この中将がひそかにお慕いしていたのが報われたように思いまして、参りました」とおっしゃいますと、女君は、全くわけがわからず、魔物に襲われる心地がして、「いやっ」と怯《おび》えたのですが、顔に衣がかかっていて声は通りません。「急なことで、浮わついた遊び心のしわざと思われるのも無理はありませんが、かねてからひそかにお慕いしているとお伝えしたいと考えてのことです。こうした機会を待ち受けておりましたのも、決していいかげんな気持ちからではないとご理解くださいませ」との、源氏の君のおっしやりようは、鬼神さえも鎮《しず》めておけるだろうと思われる、たいそうなものやわらかさなので、女の方では、荒々しく「ここに曲者《くせもの》が」と大声を出すのもそぐわなく感じられます。しかしながら、気持ちは苦しく、あってはならないことと思うので、情けなく、「人違いに相違ございません」と息も絶え絶えに言います。ひどく途方に暮れた様子が、たいへんつらそうで可憐《かれん》なのが、源氏の君にはいとおしくお映りで、「人違いなどするはずもない迷いなき思いを、何としたことか、おはぐらかしになるなんて。みだらなさまは決してお見せしません。この胸の内を少しお知らせするだけですから」とおなだめになって、とても小柄な女君《めぎみ》ゆえ、かかえ上げて障子口の所へお出になると、ちょうど女が先ほど呼んでいた中将らしい人が来合わせたのです。源氏の君が「これ」とお呼びになるので、中将は怪しんで、手探りしながら近づきますと、何ともかぐわしい匂《にお》いが満ちていて、中将の顔にも移り香のありそうな心地がするので、どなたが何をなさろうとしているのかに思い至りました。驚きあきれ、これは何ということかと思い惑うのですが、とてものものなど申し上げられません。並みの身分の相手ならば、手荒く引き離しもできましょうが、それだって人に知れ渡るのはどんなものかとはばかられないことはないのです。何もできないながら、じっとしてもいられず源氏の君の後について行きましたが、源氏の君は平然と寝場所に入っておしまいになりました。襖障子を引きながら「暁にお迎えに参れ」とおっしゃると、女は、中将に知られたことさえ死ぬほど悲しいため、流れるほどの汗をかき、具合までひどく悪そうなのがあわれをそそり、源氏の君はいつものように、どこからそんなにもすらすらとことばが湧いて出るものかと感心するくらい、真情が伝わるように、優しく優しくおことばを尽くしてお話しになっていらっしゃるのですが、女はそれでもなお、あまりの嘆かわしさに、「現実のこととは思えません。ものの数にも入らない身分のわたくしではありますが、こんなふうにお見下しになられては、そのお心を浅いものと思うほかはないではありませんか。品の劣る者はそっとしておいてくださらなければ」と、源氏の君がこうも無遠慮なふるまいをなさったのを、深く悲しく無念に思い煩《わずら》っているさまも、全く気の毒で、芯《しん》の通った態度に気が引けるほどですので、「その品というものをまだよくわかっておらず、今度が初めてなのです。それなのに、世間並みの戯《ざ》れごととお受け取りになられては、落胆するばかりです。折々にわたしの評判などお聞き及びでしょう、猛々《たけだけ》しい欲など全く抱いたこともないのに、このたびこんなことになってしまいましたのは、あなたとわたくしの宿縁というものではないでしょうか。ほんとうに、こんなにお叱《しか》りを受けるのも当然の血迷いぶりを、われながらどうなっているのかと思うくらいです」などと、真摯《しんし》な気色であれこれお言いわけなさるのですが、女はといえば、源氏の君の類《たぐい》なきお姿の高貴さに、いよいよ身分の違いをひしひしと感じ、ひとときの思いに身をゆだねてもむなしいばかり、強情で無粋と思われても、その手の話のわからない女としてこの場をやり過ごそうと思って、ひややかな態度をとりました。「あなたを見下してのしわざではなく、激しいふるまいも胸の底からの思いゆえのことと、おわかりいただけないのでしょうか」と訴える源氏の君に対して、「はばかりながら、身分の違いというものはそうやすやすと乗り越えられるものではありません。高貴な方が下の者になさることとは、高貴な方の方ではちょっとしたお戯れのおつもりでも、もともとお持ちの強い力のために、下の者はお見逃がしいただきたくとも、最後にはお受けするしかないのです。ですから、低い身分の者に対してお気持ちを押し通しなさるのは、そんなおつもりがなくともお見下しになっていらっしゃることになるのですよ」と、全く情に流されず女は申し上げます。性質のしとやかな女であるところに強い意志が加わると、なよ竹のような感じで、さすがに気持ちまでは思い通りにできそうにありません。真実心を痛めて、源氏の君の強引なさりようを、言いようもなくひどいと思って泣く様子など、とてもあわれです。かわいそうではあるけれど、こうしなければ気がすまなかった、それに、わたくしは持てる技のすべてを使ってこの人につくした、この人だっていやなばかりではなかったはず、と源氏の君は顧みていらっしゃいます。しかし、女は気が晴れそうにもないふさぎようなので、「どうしてそこまでいとわしいこととお考えになるのですか。思いもよらなかったことだからこそ、縁があったのだとお考えください。まるで男女のことをいまだわきまえない人のように、悲しみに沈んでいらっしゃると、つらくてたまりません」と恨みごとをおっしゃると、女は、生まれた時から当然のようにまわりに崇められ、そむかれることなく育ったこの方には、身分の低い者の気持ちや生き方はさっぱりおわかりにならないし、ご興味もないのだなあ、と内心嘆きながらも、しかたなく「せめてこうして身を固める前の、生まれた家におりました頃に、こうしたお心を示していただけたのでしたら、あり得ないうぬぼれで、お気持ちが長く続くかもしれないと期待して慰めにいたしますけれど、このようにかりそめの一夜のこととわかっておりますと、これまで経験したことがないほど心が乱れるのでございます」と少し情味をお見せしたものの、その後すぐに「ですから、今夜のことはお忘れになってください」ときっぱりと申し上げ、物思いに沈む様子、その言い分には全く筋が通っています。無邪気な源氏の君はそれでも熱心に、繰り返し行く末を誓ってはお慰めになったことでしょう。

そうこうしているうちに一番鶏《どり》も朝を告げました。源氏の君のお供どもも、「今夜はすっかり寝過ぎてしまった。さあお車のご用意を」などと言っているようです。紀伊の守も出て来て、「女の所への方違えではあるまいし。暗いうちから急いでお帰りにならなくても」などと意見したりしています。源氏の君は、もう何かにかこつけてここに来る機会もめったにないだろうし、理由なく来ることなどはさらに無理、手紙のやりとりすらとうてい叶《かな》わないだろうとお考えになって、たいへん胸を痛めておられます。女の方は、奥にいた中将もやって来ましたし、早く下がりたそうなので、お放しなさりかけるのですが、またお引き留めになって、「どのようにしたらご連絡できるでしょう。信じられないほどのあなたの薄情さも、この胸の悲しみも、このたび心に湧《わ》き起こった思いは、すべてが特別な経験です」と源氏の君が涙をこぼすご様子は、また甘美です。鶏もしばしば鳴いて気ぜわしく、源氏の君は一首お詠みになります。

つれなきを恨みも果てぬしののめにとりあへぬまでおどろかすらむ

(あなたのつれなさに対する恨みは果てませんが、夜は果てて、鶏の鳴き声が、ついにあなたのお気持ちをやわらげることができなかった、とわたくしに気づかせるのです)

女は、わが身の境遇を思うと、たいへんにもったいなく恥ずかしい心地がして、ありがたいお心づくしも受け入れようがなく、ふだんは気がきかなくてつまらない人と思って軽んじている伊予の介が頭に浮かび、夫が自分の夢を見て異変に気づくのではないか、と恐ろしさに身が縮みます。そこで女の返歌はこうなります。

身の憂《う》さをなげくにあかであくる夜はとり重ねてぞ音もなかれける

(お気持ちにお応《こた》えできないこの身の悲しさは、いくら嘆いても終わりがありませんが、夜は終わり、鶏の声に重ねてわたくしも泣き声を漏らしてしまいます)

すっかり明るくなったので、源氏の君は女を障子口までお送りになりました。建物の中も外も人々が騒がしいので襖《ふすま》障子を閉めて、いよいよお別れになる時には寂しさのせいでその襖障子が二人を隔てる関にも見えます。お一人になると源氏の君は御直衣《のうし》をお召しになって、しばし南の高欄から景色をお眺めになります。西側の格子《こうし》があわただしく上がり、女房たちが源氏の君を覗《のぞ》いているようです。簀の子の中ほどに立てた衝立《ついたて》の上から、わずかにほの見えるお姿が身に浸《し》み通るように感じるほど、色好みの女もいるのでしょう。月は明るい空に残り、輝きはないもののかたちはくっきりと見えて、ひとしお趣のある曙《あけぼの》です。特に意味もない空の景色も、ただ見る人しだいで、あでやかにも恐ろしくも見えるものです。誰も知らない源氏の君のお心はたいそう悲しく、ことづてをする手立てもないのだからなあ、と名残り惜しく振り返り振り返り出て行かれました。

お屋敷にお帰りになっても、すぐにはお眠りになれません。また会う術《すべ》もないつらさもありますし、それに、あの人の今のお気持ちが気がかりでしかたがないのです。一見して立派なところこそないけれど、感じよく身を整えていて、あれが中の品の女というものなのだな、知見の広い先達らの言っていたことは真実だった、と得心なさったのでした。

この頃源氏の君は左大臣邸にばかりいらっしゃいます。やはり、あの女との行き来は全くないので、今どんな心持ちでいるのか、いとおしく心配でならず、苦しく思い悩まれた末、紀伊の守をお呼びになりました。源氏の君が「この間の衛門《えもん》の督《かみ》の子をわたくしが取り立ててもよいか。可愛《かわい》らしかったから、身近の使用人としよう。殿上にもわたくしの所から伺えるようにする」とおっしゃいますと、紀伊の守は「たいへん畏《おそ》れ多いおことばでございます。仰《おお》せの通り、あれの姉に伝えてみることにいたします」と申し上げ、源氏の君はあの女が話題に出たのに心騒ぎながらも、「その姉君はあなたの弟をもうけたか」とお尋ねになります。「そういうことにはなっておりません。父の元へ来て二年ばかりになりますが、親の意に添えず宮仕えできなかったことがつらく、心残りになっているように聞いております」「かわいそうに。美しいと噂《うわさ》された人だったが。ほんとうに美しいのか」とおっしゃると、「悪くはございませんでしょう。お互いに近づかず距離をおいておりますから、若い継母と息子についての世に伝わる教えの通り、親しくはしておりません」と申し上げます。

それから五、六日たって、紀伊の守が例の子供を連れて参上しました。どこもかしこも素晴らしいとはいきませんが、優雅な物腰で、高貴な家柄の者に見えます。子供の方は、源氏の君はおそばにお呼び入れになって、たいそう親密にお話をなさいます。源氏子供心にもとてもありがたく嬉《うれ》しいと感じています。源氏の君は姉君のことも詳しくお尋ねになります。お答えすべきことはお答え申し上げて、かしこまって鎮座しているので、源氏の君は肝心のことが言い出せません。それでも結局は、とてもうまくお言い聞かせになったのです。子供が、そんなことがあったとはと、うっすらと察したらしいのも意外でしたが、幼いせいで深く考えもせず、源氏の君からのお手紙を届けたものですから、女はあきれ返って涙まで出て来ました。この子供の考えているであろうことを想像しても恥ずかしいのですけれど、しかたなく、顔を隠すようにしてお手紙を広げました。長々と書いてあって、

「見し夢をあふ夜ありやと嘆くまに目さへあはでぞころも経にける

寝る夜なければ
(あの夢のような一夜がまたあるだろうかと嘆いている間に、目を合わせもしないのに時が過ぎてしまいました。

目を合わせなかったのは眠れた夜もないからです)」などと、見るのももったいない見事なお書きぶりも涙でかすみ、ままならぬ運命をたどったわが身を思うあまり、女は伏せってしまわれました。次の日、子供が、お召しをいただいておりますのでお屋敷に参ります、と言って源氏の君へのお返事をお願いします。女が「このようなお手紙を受け取るのにふさわしい者はおりませんと申し上げなさい」とおっしゃると、子供はにやりと笑って「間違えているようなおっしゃり方ではなかったのに、そんなこと、どうやって申し上げればいいのですか」と言うので、腹立たしい上に、あの方はこの子に何もかもお話しになってしまわれたのだと思うと、ほんとうに弱い者の立場をわかっていらっしゃらないと、つらいこととこの上ありません。「これ、ませたことを言うのではありません。それなら参らなければいいのです」とお怒りになりましたが、「お召しですのに、どうして参らないですみますか」と答えて、子供は参上しました。紀伊の守は好色な心があって、この若い継母を年寄りの妻にしておくのは惜しいと思い、常々歓心を買おうとしていたので、その弟もたいせつに世話をやき、源氏の君のお屋敷にも連れて行きます。源氏の君が呼び寄せて「昨日は一日中待っていたのに来なかったね。どうやら、おまえはわたしがおまえを思っているほどには、わたしを思ってくれないようだ」とすねてお見せになると、子供は顔を赤くしています。「さあ、ご返事は」とおっしゃるのに、子供がこういうわけでと申し上げると、「お話にならないね。ひどいな」と、またお手紙をお書きになりました。「おまえは知らないだろうな。姉君には、伊予のご老人よりも、わたくしの方が先に会っているんだよ。しかし、頼りにならない青二才だと言って、野暮な庇護者《ひごしや》をつくった上、こんなにわたくしを見下していらっしゃるようだ。姉君がそんなふうでも、おまえはわたくしについていなさい。今は頼もしいあのご老人も、先は短いだろうしな」とおっしゃると、子供は、そういうわけだったのか、一通りではない経緯があったのだな、と感じ入り、その様子を源氏の君は可愛くお思いになります。この子供を絶えずおそばにおつかせになって、内裏にも連れて参じられます。お屋敷の衣服誂《あつら》えにお言いつけになって、装束《そうぞく》などもあつらえさせ、ほんとうに実の親のように面倒をご覧になります。この小君《こぎみ》の手でお手紙はいつも届けられます。それでも女は、この子もまだまだ幼いし、ついうっかり秘密が漏れてしまったら、身持ちの悪い女だという悪名までも広まることになるし、自分はご寵愛《ちようあい》に全く価《あたい》しないものと考えると、やはりよろしきこともそれにふさわしい身の上であってこそと思い、うちとけたご返事も差し上げません。ほのかに目にした源氏の君の雰囲気やお姿は、ほんとうに噂通り並々のものであろうはずがなかった、わたくしだって木石《ぼくせき》ではない、あのような方との恋を夢見ないでいられるわけがないと、くちおしく思い出されないでもなかったのですが、そのたびに、粋なところをお見せして戯れごとを始めても何も実りはない、だいいち身分の低い者には低い者なりの意地がある、などと自分に言い聞かせるのでした。源氏の君は、女のことをお思いなさらない時はかたときもなく、心配もなされば恋しくもお感じになります。女の思い煩っていた様子などの痛々しさなども、振り払う術もなくずっとお考え続けていらっしゃいます。うかつに女のもとに、人の出入りに紛れて入り込むのも、人目の多い所だから、はばかるべきふるまいが知られれば女のためにもまずいと、思い悩まれます。

　例によって、宮中にお籠《こ》もりになって相当たった頃、方違《かたたが》え先が紀伊の守の屋敷の方向になるのを待って、とうとう源氏の君はお出かけになります。急に思いつかれたように見せかけて、帰り道から方向を変えてお行きになりました。紀伊の守は驚いて、引き水のかいがあったと恐縮し喜びます。小君には、昼のうちから、こんなことを思いついた由《よし》、教えてお約束なさっています。まずは、日々そばに仕えさせている小君をお呼びになりました。女も、あらかじめお知らせを受けていましたから、源氏の君が人目を欺《あざむ》くために知恵をお絞りになったお気持ちは、浅いとも思えないのですが、そうかといって、お近くで自分のつまらないありさまをお見せ申し上げても、楽しくもなく、夢のように過ぎたいつかの逢瀬《おうせ》の悲しみをまた重ねるだけ、と思案のあげく、やはりこんなふうにお待ち申し上げる恰好《かっこう》になるのはきまりが悪いので、「源氏の君のお休み場所がすぐ近くなのは、畏れ多いこと。具合が悪いから、騒がしくせずに体を叩《たた》きほぐしてもらいたいので、離れた所へ」と言って、渡殿《わたどの》の、中将の寝起きする目立たない部屋に移ってしまいました。源氏の君はその気ですから、人を早々と下がらせて小君に伝言を託しましたが、小君は姉を探し出すことができません。たくさんの所を探し歩いた後、渡殿に入り込んで、何とか姉のもとに辿《たど》り着きました。姉をあんまりむごく冷たいと思った小君が「源氏の君に役立たずと思われてしまいます」と泣かんばかりに訴えると、女は「おまえは自分のことしか考えないのですね。こんなけしからぬ用向きに子供を使うなんて。幼い人がこんなことをことづてするのは、厳しく避けるべきことなのに」と弟も源氏の君もけなして、「気分が悪いので、女房たちを下がらせず体を揉《も》ませているようです、と申し上げなさい。おまえがここでそんなふうにしていると、誰だって変に思うでしょうから」ときっぱりと言いつけましたが、心の中では、こんなふうに境遇の定まってしまった身ではなくて、まだ親の思い出の濃く残る実家にいて、まれに源氏の君をお迎え申し上げるのであれば、素敵なこととも感じるだろうに、無理をして知らぬ顔で見て見ぬふりをしているのだから、あのまだまだ人の機微のわからない源氏の君はわたくしをどんなに情けの通じない者のようにお思いのことか、と自分の考えでそうしているのに、胸が痛くさすがに気持ちが乱れます。ともかくも、今生《こんじょう》はお話にならない運命なのだから、情味の薄いあじけない女のまま終わろう、と思い定めました。源氏の君は、小君のはからいの結果を、まだ幼いから首尾よくできるだろうかと不安をお抱きになりつつ、横になってお待ちかねでいらっしゃいましたが、かいがなかった由をお知らせすると、信じがたい奇妙なまでに頑《かたく》なな女の性質に、「こちらももう恥ずかしくなってしまった」と、たいへん傷ついたご様子です。しばらくはものもおっしゃらず、深い溜息《ためいき》をついて悲嘆に暮れていらっしゃいます。やがて、

「帚木の心を知らでそのはらの道にあやなくまどひぬるかな
聞こえむかたこそなけれ

(近づくと見えなくなる帚木のようなあなたの心がつかめず、考えあぐねて園原の道をむなしくさまようことになってしまいました。

何も申し上げようがありません)」と書いておやりになりました。女もさすがに眠れなかったので、

数ならぬふせ屋におふる名の憂さにあるにもあらず消ゆる帚木
(取るに足りないみすぼらしい家に生えているのが恥ずかしくて、帚木はいたたまれず消えるのです)

とお返し申し上げました。小君は源氏の君がお気の毒でならず、眠気もどこへやら、あちらへこちらへと行ったり来たりするのですが、女は、それで女房たちが不審に思うだろうとお困りになるのです。前と同じように、お供の者たちはぐっすり眠り込んでいるのに、お休みになれない源氏の君は、たった一つのことだけをどうしても強く考え続けずにはいらっしゃれず、女の独特の気性が、帚木のように消えるどころか、しっかりと立ち顕《あらわ》れているではないか、と癪《しゃく》で、こういう女だからこそ惹《ひ》かれるのだ、と一方ではお考えになりながらも、思うにまかせずつらいので、もうどうでもいいというお気持ちにもなるのですが、それで思い切れるわけでもなく、小君に「隠れている所でもいいから、連れて行け」とおっしゃれば、小君は「たいそうむさ苦しい所に閉じ込められており、人も大勢おりますから、とてもお連れ申し上げられません」と申し上げます。小君はおいたわしいと思っているのです。源氏の君は「わかっ

た。せめておまえだけでもわたくしを捨てるな」とおっしゃって、小君をおかたわらに横たえました。若くてお優しいおありさまを、小君は嬉しくありがたいと喜ぶ様子でしたので、源氏の君は、つれない人よりはむしろこの子の方をいとしくお感じになったということです。

夕顔

ゆうがお

江國香織

原典のあらすじ

源氏が乳母《めのと》を見舞いに行くと、夕顔の花が咲く家があった。従者に花を手折るよう命じると、その家の女童《めのわらわ》が扇を差し出す。扇に添えられていた歌に心をそそられた源氏は、その家の主《あるじ》を探らせる。どうやら頭《とう》の中将が忘れられないでいる女らしい。源氏は夕顔のもとに通い始めるが、お互い素性を隠したままだった。あるとき源氏はなにがしの院という隠れ家へ夕顔を伴うが、その夜、源氏の夢に美しい女が現れ、恨み言をいう。はっと目覚めると、夕顔はぐったりとして正気も失《う》せていた。源氏の介抱にもかかわらず、夕顔は事切れてしまう。

寄り道は、仕方のないことだった。六条の女が待っていることはわかっていたが、かつて世話になった乳母が病み衰え、出家して神だのみをするまでになったと聞けば、彼としては見舞わないわけにいかない。幼くして母親を失った彼は、その気の毒な境遇、美しい顔立ち、類《たぐい》まれな利発さと心根のやさしさから、この乳母に非常にかわいがられた。もっとも、それを言うなら宮仕えする女の誰からでも、彼はかわいがられて育ったのだが。

いざ牛車《ぎっしゃ》を寄せてみると、しかしその家の門は閉まっていた。無論彼は舌打ちなどしない。そういう人柄でも育ちでもないのだ。供の者に惟光《これみつ》を呼びに行かせ、惟光がでてきて門をあけてくれるのを、静かに待っていた。夏の夕方である。ふつうの人々の暮すその五条の大路を、彼は興味深く眺める。弱く流れてくる風、道端の草、煮炊《にたき》の匂《にお》い、水色の残る空。

乳母の家の隣に、板塀の新し気な家があった。板塀の上半分をはね上げ、金具で止める設《しつら》えになっており、かけられた簾《すだれ》も真新しく涼しげで、その簾ごしに、人々が立ち働いているのが垣間見《かいまみ》えた。その女たちは、皆美しい額をしているようだった。

どういう人たちなのだろう。

彼はなんだか心惹《ひ》かれた。六条の女との情事に備え、牛車も粗末な見かけにしてあるし、先払いの者にも声を立てさせなかったから、身分の露見する心配はない。自由な、軽やかな気持ちになって、彼はなかをのぞきこんでみる。奥行もそう深くなく、質素な住いだ。

世の中は　いづれかさしてわがならん
　行きとまるをぞ　宿と定むる

古今集に詠《よ》まれた歌を思いだし、ひっそりと微笑《ほほえ》む。そう悟れば、侘《わ》び住いだろうと御殿だろうとおなじことではないか。うつむいて微笑んだ彼の頬に、夕方の日ざしがまつ毛の影をおとした。

板塀の内側には、青々と新鮮なつる草が気持ちよさそうに茂っていた。白い花が、そこここにぽっかり咲いている。

「何という名の花かな」

つぶやくと、護衛の家来がたちまちひざまずき、

「あの白い花は夕顔といいます。名前は人の名のようですが、こういう庶民の家の、荒れた庭にばかり咲く花です」

と、こたえた。

「かわいそうな花だな。一つ折っておいで」

護衛は言われたとおり、庭に足を踏み入れて手折る。すると、この家で働いているらしい少女が、黄色い単袴《ひとえばかま》姿で現れて、手招きした。

「これにのっけてさしあげたら？　枝もない花なんだもの」

そう言って、白い扇をさしだした。扇から、その持ち主が普段薫《た》きしめているらしい、やさしげな香の匂いがふわりと立った。

ちょうどそのとき、乳母の家から惟光がでてきた。

「いやあ、鍵《かぎ》をどこかに置き忘れ、大変申し訳ないことをしました。こんなむさくるしい道端でお待たせしてしまって」

そう言って、護衛から花ののった扇を受けとると、ろくに見もせず彼に渡した。陽気でさっぱりした性格の惟光は、さすが乳兄弟《ちきょうだい》だけあって彼の気まぐれをよく知っており、そのへんの草花を欲しがったとしても、ちっとも不思議はないと思ったのだ。

「まあ、このあたりじゃあ、立っていらしても御身分のばれる心配はないでしょうが。ともかく申し訳ないことでした」

そう言って、あけっぴろげな笑顔をみせた。

乳母の家には惟光の兄の阿闍梨《あじゃり》や、親類縁者が集っていた。尼になった病身の乳母その人も起き上がり、彼を見ると感きわまって、礼をのべながら泣く、泣く、泣く。集っていた親類たちが困惑し、目配せをしあうほどの愁嘆場だった。けれど彼はひるまず――彼は決してひるまないのだ――、やさしい言葉を心からかけ、ときどき嗚咽《おえつ》をおさえこんだり涙を拭《ぬぐ》ったりしながら丁寧に見舞った。まだまだ長生きして私の将来を見守っていてほしい、と言い、病が癒《い》えるようまた加持《かじ》や祈禱《きとう》をするように、と助言して、部屋をでた。

「紙燭《しそく》を持ってきてくれないか」

まだ声を湿らせたまま、惟光に言ったのは、さっきの扇をよく見るためだった。この家の廊下は随分と暗い。

ひろげると、扇からはやさしい香りがまた立ちのぼり、美しい文字でこんな詩が書かれていた。

美しいかた
その白い横顔は
露をのせて光る夕顔の花のよう
どなたか存じませんけれど
たしかに光を見たような

文字をぱらぱらと散らばして書いてあるのもおもしろく、彼はこれが気に入った。

「隣には、どういう人が住んでいるんだ？」

まつ毛をわずかに濡《ぬ》らしたまま、惟光に尋ねる。

「さあ」

惟光の返事はそっけない。

「つめたいんだな。この扇には何かを感じる。隣にどういう人が住んでいるのか、訊《き》いてきてくれないか？」

またいつもの気まぐれだ。惟光はそう思ったが、従順に尋ねに行った。

「どこかの次官の家だそうです。下男から聞いたことなのでよくはわかりませんが、夫は留守で、妻の姉妹たちが出入りしているとか」

次官の妻の姉妹たち——。彼は思案する。では、たいした身分の女性ではないだろう。しかしあの素朴な詩は、しみじみとやさしい女の筆になる気がする。あどけない、素直な女ではないだろうか。そこで彼は意識的に筆蹟《ひっせき》を変え、こう返信した。

　おやおや
　黄昏《たそがれ》どきの光にだまされてはいけません
　もっと近くで見なければ
　ほんとうのことなど
　わからないのではないでしょうか

　護衛に命じてそれを届けさせると、彼はまっすぐ六条へ向かった。隣の家は板塀の上部がもうぴったり閉じられていたし、それより何より、情を通じている年上の女が彼を待ちわびているのだ。さきほどのつる草の家とは似ても似つかない、趣味のいい上等な邸《やしき》で。あたりはもうとっぷりと暮れていた。人目をしのんででかける道にふさわしい。見舞いやら文《ふみ》のやりとりやらですこし気疲れした彼は、六条の女の細い背中や、やわらかな髪に触れたいと思った。最初のころのような情熱は持てないにしても、なつかしく安心な気持ちにはなれるはずだ。

　彼がその後も惟光に、隣の女について調べさせたのには理由があった。話は、およその二カ月前の、ある雨の夜にさかのぼる。つきあっておもしろいのはどんな女か、友人たちと男同士の打ちとけた議論をしたときのことだ。頭中将《とうのちゅうじょう》にしても左馬頭《さまのかみ》にしても、随分いろいろな経験をしているようだった。なかでも彼がひときわ興味を持ったのは、彼らの言う「中流」の女、高貴な生れ育ちではないが、だからこそのびやかで、気取りがなく、躾《しつ》けがきちんとされている女についての話だった。そういう女がいるそうなのだ（彼らは現に出会っているし、それぞれ甘美なことになり、頭中将に至っては、そのうちの一人と子まで成していた！）。あのつる草の家の女などは、その意味ではもしかすると「下の下」の層かもしれないが、そういう場所にこそ清らかな花が、誰にも顧みられずに咲いていたりするのではないだろうか。

彼はため息をつく。むずかしいものだ。いつもつきあっている上流の女たちとは勝手が違う。ともかくいまは、惟光の持ってくる情報を待つしかない。惟光は女好きでやんちゃな男ではあるが――いや、むしろだからこそ――信頼することができた。

すこし前に思いを寄せた女が、あれきり何も言ってこないことも気がかりだった。彼はまたため息をつく。人を心から好きになると、気の休まらないことばかりだ。

なぜ何も言ってこないのだろう。

考えても仕方のないことを、それでも彼は考えずにいられない。いくら夫のある身だからとはいえ、彼があれだけ心を砕き、言葉を尽し、策を弄《ろう》して忍び込んだ夜に、それもいざ事におよぼうとしたその刹那《せつな》に、逃げだすとはあまりにも頑迷なふるまい、石頭と誹《そし》られても仕方がないのではないだろうか。

記憶――。彼はゆっくりまばたきをして、なんとかそれを閉めだそうとする。人違いだと気づいたときには遅かったのだ。あれは断じて彼の落度ではない。まるで身代りのように閨《ねや》にいた娘を、失望させるのはしのびなかった。娘に罪はないのだから。軽薄なところがあることは否《いな》めないとしても、それなりに可愛《かわい》い娘だった。生来、彼は物事の善い面を発見することに長《た》けていた。長けすぎていると言うべきなのだが、本人は無自覚だった。そして、それこそが彼の徳であり、空前絶後の上品さだということに、おそらく彼の周囲のすべての男と、数人の女だけが気づいている。

そんなふうだったから、伊予介《いよのすけ》が任国から戻り、挨拶《あいさつ》に来たときにも気持ちよく応対した。伊豫介は、彼を頑なに拒んだあげく土壇場になって逃げだした女の夫であり、軽薄ながら可愛いところもあった娘の父親である。

「お務めご苦労さまでした。よくお帰りになりました」

彼は良心がいたむのをひた隠しに隠し、笑顔でそう労《いたわ》った。嫉妬《しっと》ではなく興味があった。あの二人の家族――。

「もったいないお言葉です」

伊予介は船旅のあとだけに日に焼けてやつれ、ひどく見苦しいありさまだった。けれどさすがに賤《いや》しからぬ生れだけあって、老いてはいても整った容貌《ようぼう》、どこかに風格さえ漂っていた。なるほど。彼は考える。あの女があぁも頑なに私を拒んだのは、この夫故《ゆえ》だったのか。感心ではないか。いまどきめずらしく貞淑な女だ。

ところが伊予介は、これから娘をどこかに嫁にやり、今度は任国に妻を伴ってでかけると言う。彼はおだやかではいられなかった。心が千々に乱れ、とりあえずその女に詩を書いて贈った。かたちばかりの返事がきただけだったので、つれないことだと胸がいたんだ。娘の方も気にかけないではなかったのだが、こちらはどうとでもなる自信があり、さしあたっては、ほっておいても構うまいと思うのだった。

秋になり、彼はきょう六条にいる。あれこれの女のせいで気が揉《も》めて、正妻の元にも顔をだす気になれずにいた。こうして愛人の家を訪れてみても、なんだか晴れ晴れしないのだった。

以前はあんなにいとしく思えたのに。

彼はさびしさに目を伏せた。六条の女の細い背中もやわらかな髪も、もうかつてほど魅力的に見えない。あまりのさびしさに、彼はほとんど泣きそうになる。

六条の女もうつむいていた。もともと思いつめがちな性分の女性で、彼より年が上であるというだけのことさえ気に病んでいたのに、訪問が間遠になり、彼の目に宿っていた狂気にも似た熱情が消え、おざなりな事のあとにたちまち寝入られ、おまけにこの霧の深い朝、名残り惜しそうにもせずでて行こうとする彼の態度を、けれどとがめ立てすることもできない。

あなたは変った。

そう口にだして言えば、それが現実として定着してしまうような気がした。女ははっきり思いだすことができる。かつての彼の、あの抱擁、あの情熱、あの真実。いつだったか女が蚊にさされたときに、

「いやだ」

と叫んだのは彼の方だった。

「あなたの肌に触れていいのは私だけだ」

女は笑ったものだった。

「大丈夫よ。薬をつければすぐに治ります」

彼は思いつめた顔つきで女を見つめ、

しあてた。激しく。

「それでもいやだ」

と子供のようにくり返して、ちょうど女の手首のあたり、赤く腫《は》れた箇所に唇をお
「お見送りくらいなさいませ」

部屋にぽつんと残された女に、女房が言った。格子《こうし》窓を上げ、御丁寧に几帳《きちょう》までめくりあげられてしまっては、女としても顔をだし、おもてを見ないわけにはいかない。

彼は庭に立っていた。色とりどりに咲く花の前を、無感動に通りすぎたりできない人なのだ。花の鮮やかさにやや目を細め、佇《たたず》む様子の美しさといったら。女はやはり見とれてしまう。するとそのとき、見送りにでていた女房をふり返り、彼が何か言った。女房をじっと見つめ、さらに何か言って手までとった。女には聞きとれなかったのだが、そのとき彼はこう言っていたのだ。

「美しい花に心を移したりしたら、あなたの女主人に申し訳が立たないね。でもここに咲いているこの朝顔のような、あなたというひとはあまりにもかわいい」

六条の女にとって幸いだったことに、この女房は彼の扱いを心得ていた。

「霧の晴れるのも待たずにお帰りになるなんて、この家の花たる女主人の、美しさがおわかりになっていないのでは？」

彼は苦笑する。そう本気に受けとらないでもよかろうものを。習慣から戯《たわむ》れてみたまでのこと、チューインガムほどの気晴らしにもならない。けれどたとえばこの女房にしても、彼に耳ざわりのいい言葉をかけられたことを、ずっと嬉《うれ》しく思いだすことになるのだ。いつの日か、子や孫に自慢さえするかもしれない。彼というのはそのくらい、美しく憎めない男なのだった。

律儀《りちぎ》にも惟光は、隣家の様子をこまごまと知らせて寄越した。使用人があぁ言ったとかこう言ったとか、小さな子供がいたとかいないとか。けれど肝心のその女については、誰なのかまるでわからないと言う。

「でも、一度ちらっと顔を見ましたよ。退屈したのか庭先にでてきて、外を通る人や牛車《ぎっしゃ》を、ぼんやり眺めていました」

とてもかわいらしい人でした、と如才なくつけ足す。

「人目を忍んで隠れ住んでるんです。使用人に訊いてもそんな女はいないと言いますから。それで、まあ、ちらっと見ただけの感じでは、子供みたいなかわいい人で、でも、なんだか淋《さび》しそうでした」

「淋しそう？」

彼は首をかしげる。

「私ほど淋しいはずもあるまい」

しんと胸にしみる声音で呟《つぶや》くので、惟光は気の毒になった。彼の周りの女たちは、惟光の目から見ても、少々気位が高すぎるのだ。あれでは男はくつろげない。

「惟光」

はい、とこたえた惟光は、彼のつややかな黒髪と、上品に白い頬に半ば見とれる。

「私に隣家を訪ねる機会をつくってはもらえないだろうか」

それで、そういうことになった。

＊

女にしてみれば、けれどそれはどちらでもいいことだった。あとは余生、と思い定めて暮しているのだ。

私の心はちっぽけだから
というのが彼女の言い分だった。

私の心はちっぽけだから、心に抱く男性は一人で十分。

その一人にはもう出会っていたし、たのしいことがたくさんあった。いやなことも。

そのいやなことのせいでこの家に身を寄せる羽目になったのだが、彼女はすこしも後悔していなかった。

だって、たのしかったもの。

彼女は思う。

ほんとうに、とてもたのしかった。

思い出はおはじきのようにまるく可憐《かれん》で確かな手ざわりを持ち、彼女はいつでもそれをとりだして、眺めたり手のひらにのせたり、飽きず遊ぶことができる。

私は臆病《おくびょう》だから

というのが、彼女のもう一つの言い分なのだ。

私は臆病だから、生身の男性より思い出のなかの男性の方が好きなのかもしれない。その方が安心だし、誰にも邪魔をされず、好きなだけ思っていられるから。

そして、それは気持ちのいいことだった。

彼女に屈託のなさすぎることを、側仕《そばづか》えの右近《うこん》などは心配するのだったが、でも彼女は思うのだ。屈託なんて、何の役に立つの？ と。

庭を眺めていた隣家の客のことを、彼女はよく憶《おぼ》えていた。きれいな男の人だと思ったし、だから儀礼上扇にそう書いて贈った。けれど実際に深夜、牛車にも乗らずひっそりと馬でやってきて、いきなり抱きすくめられたときには困惑した。不快だったわけではない。不自然なほど粗末な恰好《かっこう》をしてはいたが、いい匂《にお》いがした。爪《つめ》もきれいに手入れされていたので、身分の低い人ではなさそうだとわかった。けれど名前も明かそうとしないし、顔も隠そうとするし、何よりも生身の男だということがこわく思えた。

そもそも彼女は夜が苦手なのだ。夜には庭のつる草も黒々して不気味だし、風の音も昼間よりずっと不穏に聞こえる。正体のわからない男に抱かれながら、彼女ははやく朝がくればいいとばかり願った。こういうことは女としての務めではあるにしても、不得手だ。

「朝が来なければいいのに」

そばで彼はせつなげに呟く。

「ほんとうに、私はどうしてしまったんだろう。あなたをここに置いて帰ることを、想像するだけで耐えられない」

あまりにも強い力で抱きしめられ、自分の肘《ひじ》があばら骨に押しつけられて痛いほどだった。彼の息が肌に熱く、それが彼女を一層不安にした。

そんなことがたびたびあった。下働きの者に後をつけさせ、彼の正体を確かめようとしてもみたのだが、不甲斐《ふがい》ないことに必ずまかれて帰ってくる。

「せめてお名前くらい、教えて下さってもいいでしょう?」

思いきって尋ねても、男は困惑した表情で、

「そんなことが大切なの?」

と、逆に訊《き》き返す。

「こんなにあなたを思っているのに」

彼女を戸惑わせたのは、その言葉が本心からでたものとしか思えない響きを持つことだった。男の声音はむしろ苦しそうで、彼女の胸までしめつけてしまう。

「ごめんなさい」

いたたまれなくなり、彼女はつい謝る。自分がなぜ謝るのかわからずに混乱する。

「やさしいんだね」

男はふいに微笑《ほほえ》むのだが、その微笑みは、やはり彼女の胸をしめつけるのだ。

「こんなにやさしい女性を、私はこれまでの人生で一度も見たことがないな」

そうだろうか。彼女は自問する。私はやさしいのだろうか。いまこの人に、やさしくしただろうか。そして、違うと結論づける。違う。私はわけがわからなくなって、この人が気の毒になっただけだ。苦しそうにするから。男が苦しそうにするのを見る

と、悲しくなった。

彼女がそう口にだすと、しかしその言葉の何かが彼をひどく煽《あお》ったようで、彼はまたしてもせつなげに呻《うめ》くと、遮二無二《しゃにむに》彼女をかき抱くのだった。

彼の思いつめようは、実際常軌を逸していた。女としてそれが嬉しくなかったといえば嘘《うそ》になる。嘘になるが、同時にそれは彼女を怯《おび》えさせた。おはじきみたいな飴玉《あめだま》みたいな思い出だけを大切にして、あとは気ままに、心静かに暮していたかったのだ。

「この家は仮の住いなのでしょう?」

ある夜、男はそう尋ねた。

「ええ」

女はこたえる。身を寄せられる家があっただけでも幸運だった。この先どうなるのかは、彼女自身にも見当がつかないのだ。それでいいと思っている。あとは余生なのだから。

「では」

男は言い、彼女の頰に頰をつけた。秘密めかせて耳元でささやく。

「私に今夜、安全なところへあなたをさらわせてほしい」

言葉の意味を理解するのに、すこし時間がかかった。

「今夜？」

尋ねたのは、またしてもどうしていいのかわからなくなったからだ。

「でも」

彼女は懸命に考える。考え考え、正直な気持ちを口にした。

「でも、そんなのはとても奇妙だわ。どこの誰かもわからないまま、ついていくなんてことは」

男は微笑む。

「さて、どちらが狐《きつね》なのかな。こわがりだね。でもどうか、私にだまされてみてほしい」

またた、と、女は思った。まただ、この人の言葉は信じるに足ることのように聞こえる。誰の言葉も届かない場所にいるつもりだったのに、その場所にまっすぐに届く。それに——。すでに夜が明けかかっていた。早起きの男たちが互いに挨拶《あいさつ》しあう声が聞こえてくる。カラスの声も。あれほど人目をしのんで、夜にだけやって来て帰ってしまう人だったのに、「離れたくない」という言葉どおり、ほんとうにここにいる。

彼女ははじめて自分から、男の頬にさわってみた。幻ではないことを、確かめようとするみたいに。

そのとき、ひときわ大きな声でカラスが鳴いた。びっくりして手をひっこめると、男はさも可笑《おか》しそうにくつくつ笑う。

「ああ、もう。かわいい人だな」

打ちとけた言葉づかいに、女もつられてすこし笑った。

男が窓をあけたので、早朝の空を二人で眺めた。女は、部屋のなかが散らかっていることをきまりわるく思ったが、どちらでもおなじことだ、と思い直した。

「この家の庭はおもしろいね」

男はすっかり寛《くつろ》いで、窓から外を見ながら言う。

「雑草がたくさん生えているから、朝露がきらきらしてきれいだ」

「そうね。私も庭は好きよ」

彼女には見馴《みな》れた景色だった。

「コオロギの声をこんなに間近で聞いたのははじめてだな」

「そうなの？」

彼女は驚いて、男の顔を見た。

「うるさいくらい鳴くのよ。それにここにはちょうちょも来るわ。とてもきれいよ。あなた、ちょうちょは好き？　私は大好きなの」

男は目を細め、まぶしそうに女を見る。まるで、世にもかわいい、すばらしいものを見るみたいに。女は嬉しそうに話し続けている。

「しじみちょうがいちばん好きなの。小さくて身軽で。にばんめはもんしろちょう。あの子たち、どこまで飛んでいけるのかしら」

「どうだろう。学者に訊いてみてもいいが……。続きは向うで話そう。右近を呼んで、荷物を詰めてもらいなさい。車の仕度もいるね」

彼女の笑顔はふいに曇った。

「もう？　こんなに急に？」

男は自分で右近を呼んだ。

「ひどいな」

傷ついたように言う。

「私を信じてくれていないんだね。どんなにあなたを思っているか。夜も眠れず、食事も喉《のど》を通らないのに」

フェアじゃない。彼女は思った。そんな言い方はフェアじゃない。だって、私が意地悪をしたみたいに感じてしまう。

「ごめんなさい」

それでそう言った。
「でも、右近をつれて行ってもいいでしょう？　右近と、それに護衛も一人。知らないところに行くんだもの」
「もちろんだよ」
男はこたえる。
「それより、あれを聞いてごらん」
耳を澄ますまでもなく、どこかから祈禱《きとう》の声が聞こえた。御嶽《みたけ》に参籠《さんろう》する人々なのか、しわがれた声が幾つも、一心に念仏をとなえている。
「あの老人たちも、この世がすべてだとは思っていないようだね」
男はしみじみ呟いて、それからこんな詩を詠《よ》んだ。
あの行者たちのお祈りを
道しるべにしてでかけよう
来世までも
ずっと一緒にいられるように
女は首をかしげる。ずっと一緒に、というところは甘やかだと思ったけれど、その他の部分は納得がいかなかった。

前世に何をしたというのか
いまは淋《さび》しい身の上です
まして来世のことなんて
風に訊くよりないでしょう

それでそう返事をした。

どことも知れない場所に向かって車に揺られていくあいだも、女はただ不安だった。男をすこし感じがいいと思ってはいるし、おそらく身分が高そうに見えるために、右近などはなんだかはしゃいでいるのだが、それでも、来るべきではなかったような気がした。


どちらでもいい。

強いてそう思おうとした。私には、どちらでもおなじことだ。

ナントカ院というところに着いたらしい。男が留守番の者を呼びだして、あれこれ指図している。車の簾《すだれ》を上げているので、門のまわりが荒れていることや、庭の草が深いこと、霧が濃くて湿っぽく、ひどく不気味な場所だということが、女にはそこからでもわかった。

「こんなことをするのははじめてなんだ。どきどきするな」

男は照れくさそうな小声で言った。

「どこなの、ここは」

尋ねる声が震えた。こわいし、すこし寒い。

「別荘」

男は言う。この人がこんなに愉《たの》しそうなら、大丈夫に違いない、と、女は思う。この人にぴったりくっついていよう。悪いことをしそうもない人だもの――。

「ずいぶんさびれてるのね」

こわごわ言うと、男はいとおしそうに、

「わざとそういう場所を選んだんだよ。誰にも邪魔をされないように」

と、こたえた。

家のなかに入ると、早速お粥《かゆ》が運ばれた。どちらも言葉すくなにそれを啜《すす》る。暗い部屋のなかで。それから彼女はまた男に抱かれた。

「これでもう、あなたは私のものだ。そうでしょう?」

耳元で、そうささやかれながら。

彼にしてみれば、いとしくてたまらなかったのだ。彼女は、彼が日頃接している女たちの誰とも似ていない。素直であどけなく、それでいてまるで男を知らないというふうでもない。知っていることを隠そうともしない。体がやわらかいこともよかった。促せば、ほとんどどんな恰好《かっこう》にでもなるのだ。それで、彼はこの朝くたくたになって眠った。

＊

目がさめたのは、真昼だった。部屋に日があかるく差し込んでいる。女はすでに起きていて、しかし彼のそばにぴったりくっついていた。

「おはよう」

声をかけると、女はゆっくりまばたきをして、それからゆっくり笑顔になった。安心した、というように。

彼は窓をあけて、荒れた庭を眺めた。わざと選んだ場所だとはいえ、この荒れ方は予想外だった。

「ひどいありさまだな。鬼でもでそうだ」

冗談のつもりだったが、女はびくりと身をかたくした。震えている。彼は笑った。

「大丈夫だよ。こわがりだね。たとえ鬼だって、私に手出しはできないと思うな」

女はしばらく思案して、

「ほんとう？」

と、尋ねる。

「もちろんほんとうだよ」

こたえると、ふわりと緊張をといて笑う。彼はまた抱きしめずにはいられなかった。こんなに自分に頼りきる女を、どうして嫌いになれるだろうか。ひたすら隠してきた顔も、見せてしまおうと彼は決めた。

あの夕方に会ったとき

光を見たと言ってくれたね

さあ紐《ひも》をといて顔を見せよう

どう思う？　と彼は尋ねた。女は彼をじっと見ている。それからくすくす笑って、こんな返事をしてみせた。

光を見たと思ったけど

あれはたぶん

黄昏《たそがれ》どきの

見まちがい

いたずらをして、叱《しか》られるのを待つ子供のような顔をしてそう言った女を、彼はまたかわいいと思った。打ちとけてくれたことも嬉《うれ》しく、ここに連れてきた甲斐《かい》があったと思った。

惟光がやって来て、果物を差し入れてくれた。遠慮をして部屋には入ってこず、使用人にこっそりことづけたようだ。二人で梨《なし》をたべた。梨はしゃりしゃりと涼しく、みずみずしく甘く、しみじみ幸福な午後だと彼は思った。

「私が顔まで見せたのだから、あなたも御自分のことを打ちあけてくれてもいいんじゃないかな」

そう言ったとき、彼は彼女がすくなくとも名前を、教えてくれることを疑わなかった。けれど女は黙り込んだ。

「教えてくれないのですか？」

さらにせがんでみる。女の返事は曖昧《あいまい》だった。

「宿も定まらない海人《あま》の子だもの」

あまりにも淋しげに言うので、彼は胸をしめつけられた。この期《ご》におよんでも、女が彼にすっかり打ちとけてはくれないことが悲しかった。いまごろ宮中ではみんなが自分を探しているだろうし、そういう人々を心配させ、六条の女にも不義理をして、こうしてここにいるというのに。

「つれないんだね」

つい恨みごとを言ったのも、仕方のないことだった。

それが起こったのは真夜中だった。彼がうとうとしていると、枕元《まくらもと》から声が聞こえた。

「すばらしい人だと思ってたのに。こんなにあなたをお慕いしているのに」

見ると、美しい女がすわっている。

「それなのにその私を構ってもくれず、こんなふうにどうでもいい、よくわからない女を連れてきて、大事そうにかわいがったりするなんて、くやしいやら腹立たしいやら」

女は言い、彼にぴったりくっついて眠るもう一人の女を、細く青白い手で揺り起こそうとする。おおいかぶさり、ほとんど笑みとも呼べそうなものを浮かべて、強く爪《つめ》をくいこませる。

彼はそこで目をさました。起き上がっても動悸《どうき》がおさまらず、いやな汗をかいていた。灯しておいたはずの火が消えている。不吉な気配がし、彼は太刀を抜いて魔よけに置いた。

「右近！」

隣室に声をかけて呼ぶ。

「使用人を起こして、紙燭《しそく》をつけて持ってくるように言ってくれないか」

やってきた右近は、けれどひどく怯《おび》えていて、

「こんなに暗くては、とても行かれません」

などと言う。

「子供じみたことを」

彼は苦笑し、人を呼ぼうと手を打ってみる。その音だけが夜気にこだました。

「なぜ誰も来ない？」

不審に思ったとき、そばに寝ていると思っていた女が、目をあけていることに彼は気づいた。目をあけて、ひどく震えている。その目はどこを見ているのかわからず、声をかけても耳にとどいていないようで、彼がそっと髪にふれても、頬に唇をつけても、まるで反応しない。

「まあ、どうしましょう。もともととってもこわがりなんです。どんなにか怯えてい

らっしゃることでしょう」

おろおろと右近が言う。確かに何度も「こわい」と言っていた。思いだし、彼はまた胸がしめつけられる。

「かわいそうに」

右近をそこに残し、自分で人を呼びに行くことにした。彼が西側の戸をあけ放ってみると、渡り廊下の灯も消えていた。風が吹いている。ただでさえ数のすくない使用人たちが、みんな寝ているらしいことに彼は腹が立った。

「紙燭を持ってきなさい。お前たちが寝ていてどうする」

ようやく現れたのは住み込みの使用人の息子で、見まわりの途中らしかった。

「惟光はどうした？　夕方果物を持ってきただろう」

「ご用もないだろうから、朝になったら迎えに来ますとおっしゃって、夕方お帰りになりました」

この若者が見まわりをしているということは、まだそう遅い時間ではないのかもしれない。彼はそんなふうに考えながら、女たちの待つ部屋に帰った。

右近がつっぷしている。

「一体どうしたというんだ。こわがるのもいい加減にしなさい。こういう場所には狐《きつね》もでるし、ときには人をおどろかそうとして、いろんな悪さをするものだよ。私がいるから大丈夫だ」

右近はおそるおそる顔をあげた。

「ああ、気味がわるい」

簾を持ち上げて閨《ねや》に入ると、右近の女主人、彼が生れてはじめて誘拐《ゆうかい》まがいのことをして、ここに連れてきた可憐《かれん》な女性が、ぴくりとも動かずに倒れていた。彼は、いましがた右近を叱ったのとは似ても似つかないやさしい口調で、

「ほら、どうしました?」

と、尋ねた。そっと添い寝して片手をまわす。くすくす笑いが返ることを期待していた。

「もう大丈夫だよ」

ほんとう? 疑わしそうに、けれど一心に彼を見つめて、そう訊《き》いてくれるはずだと思っていた。触れた肌はすでにつめたく、唇からは息一つこぼれてこない。

紙燭をそばに寄せ、見ると彼女は事切れていた。夢のなかで枕元にすわっていたとおりの女が、あかりのなかに浮かびあがり、そして消えた。閨には彼と、死体が残った。茫然《ぼうぜん》とし、目の前の事実が信じられず、彼は彼女に話しかけた。

「さあ、生き返ってください。私を悲しませないでください。いたずらな人だね。さあ、早く生き返って」

閨の外では右近が泣いていた。けれど彼は、彼女に話しかけるのをやめない。

「すぐにここをでよう。いま惟光を呼びに行かせたから。あなたをこんなところに連れてきて悪かったよ。マ・シェリ、まさかほんとうにいなくなるわけじゃないでしょう？」

彼は微笑《ほほえ》みさえした。とり乱すわけにはいかないと思った。自分がとり乱せば彼女が不安がる。それでひたすら話しかけているのだった。

彼が泣いたのは、駆けつけた惟光の顔を見たときだった。彼女の素直さややさしさが恋しく、不幸な最期《さいご》だったことがあわれで、けれど自分をこうも悲しませ、一人でふいにいなくなってしまうところが気ままな彼女らしい気もして、残された私はどうなってしまうのだろうか、と、身も世もなく泣き嘆いた。彼にとっても惟光にとっても、こんな事態は想定外だった。秘密裡《り》に、けれど手厚く葬《ほうむ》るための算段を、忠実な惟光が請け合った。

「彼女はちょうちょが好きだったよ」

彼は言った。

「暗いところが嫌いだった。不安がって、私のそばを離れようとしなかったんだ。でも逝《い》ってしまった」

せっかく見つけたのにと彼は思う。

「最後まで、身の上は話してもらえなかった。あんなふうに無理矢理連れてきてしまって、かわいそうなことをしたよ。あの夏の夕方に、白い花に目をとめたばかりに」

でもあれは、仕方のないことだった。六条で女が待っていることはわかっていたが、惟光の母でもある乳母《めのと》の、見舞のための寄り道だったのだから。

若紫
わかむらさき

角田光代

原典のあらすじ

瘧病《わらわや》みを患《わずら》った源氏は北山の寺を訪れ、聖《ひじり》の加持祈禱《かじきとう》を受けている。ある日、女性のいる気配がする僧坊を覗《のぞ》くと、雀《すずめ》の子を逃がしたと騒いでいる美少女・紫の上がいた。彼女は源氏が深く思いを寄せる藤壺《ふじつぼ》によく似ていた。少女を引き取りたいと、源氏は僧都《そうず》や少女の祖母・尼君に願うが、二人は彼女の幼さを理由にとりあわない。尼君が亡《な》くなり、紫の上は父親のところに引き取られることになった。しかし父が迎えに行く前日、源氏は紫の上を強引に連れだし、ひそかに自邸に連れ帰る。

おもてに出て選ばれる権利を有するのは十五歳からで、だから彼女はあと五年、客の前に立つことはできない。それでもやるべきことはたくさんある。おねえさまがたに飲みものを渡したり店内の清掃をしたり、おねえさまがたの衣装を洗濯したりアイロンをかけたり、食べっぱなしのまま放置された空皿を洗ったりする。走りまわっているのでいつも腹が減っている。少しでも座るとうとうとと眠くなる。彼女のように十五に満たない娘たちは、おもての水場や屋外の台所の隅で、鼠《ねずみ》の子のように寄り添って居眠りをしている。けれど彼女は時間があくと、屋外の台所にやってくるちいさな生きものをつかまえては、せっせと世話をする。尾の長いやもりや、つややかに光る甲虫や、巣から落ちた雛鳥《ひなどり》が、彼女の作った住処《すみか》のなかで餌《えさ》がくるのを待っている。

その日、屋外の台所で洗いものをしていると、店内が華やかに騒々しくなるのが聞こえてきた。ああ、今日はアタリの日だなと彼女は思う。客のほとんどが異国の人だが、その国によってアタリとハズレがある。アタリは当然、金の扱いかたのきれいな金持ちの国の人々であり、ハズレは金持ちであってもけちん坊だったり浅ましかったりする人々、そして金持ちでない国の人々である。金の使いかたと女の扱いかたは個人の資質というよりも、その人の生きてきた状況、おねえさまがたの言葉を借りるなら「おくにがら」ということになるらしい。

洗いものを終える。まだ店は開いたばかりだから、忙しくなるのはもう少しあとだ。すり切れたタオルや普段着や下着といった洗濯物が、強い陽射《ひざ》しの下ではためいている。大木の根元で女の子二人がもたれ合うようにして眠っている。ゴミ捨て場のわきにしゃがみこみ、彼女ははっと息をのむ。数週間前、おねえさまのひとりからもらった菓子箱でつくった鳥かごが無惨《むざん》に壊され、なかに入れておいた数羽の鳥がいなくなっている。青や黄の鮮やかな羽が落ちている。野犬か、もっと大きな鳥のしわざだろう。

彼女は名前を呼ばれ、立ち上がる。台所に向かうと、Lおばさんが飲みもののの入った盆を手渡す。これを三番に持っていきな、と言う。彼女は盆を受け取りそろそろと店内に向かう。あたしも何か飲みたいって言うのを忘れるんじゃないよ、とLおばさんの声が背後で聞こえる。

まだ陽は高いのに、店内は薄暗く蒸し暑い。いなくなった鳥のことを思うと涙が出てくる。あの鳥たちを、自分で飛べるまで育てるつもりだった。あの鳥たちが飛び立つとき、私もここを出ていくんだと彼女は漠然と思っていたのだった。数人のおねえさまたちが、すでに客たちとテーブルに着いている。言われたとおり彼女は盆を三番テーブルに持っていく。飲みものをしずしずとテーブルに置くと、涙がほとほとこぼれた。やあだ、あんた、どうしたの。おねえさまが訊《き》く。鳥がいなくなっちまったんだよう、と彼女はちいさくおねえさまに訴える。やあね、この子、まだちっさいのよ。おねえさまは客に向かって言う。私も何か飲みたい。しゃくり上げながらも、彼女は言われたとおりに申告する。ねえ、この子にも何か飲みものを買ってくれる？　おねえさまが甘えた声で言う。彼女は上目遣いに客を見上げ、そしてぎょっとする。そこに座っている男が、こんな場所で今まで見たこともないくらい、若く美しかったからだ。いいよ。なんでもお飲み。男はぞっとするほどやさしい声で言う。彼女は台所に戻り、飲みものを次々作っているLおばさんに「飲んでいいって」と伝える。ぬるい果汁の飲みものが手渡される。彼女はそれを持って店内に戻る。十五に満たない彼女は客と同席することを許されていないが、さっきの男を今一度見てみたかった。

　ほのかな明かりだけの店内で、ほかの客の相手をしているおねえさまがたも、客待ちをしているおねえさまがたも、そればかりか客の男たちも、みな三番テーブルの男をちらちらと見ている。男の美しさは強力な磁石のようだった。異様な力で目が吸い寄せられてしまうのだった。

本当に美しい男だった。男から光が発されているようだった。彼女はぱっくりと口を開けて男を見つめる。生きものではないようなのに、動いているのが不思議だった。そのとき男が視線を動かした。ゆるゆると揺れる視線は彼女の元でぴたりと止まる。目が合っていることがわかっていながら彼女は身動きひとつできない。口を閉じることもできない。射抜かれたように見とれていた。男が微笑《ほほえ》んだような気がしたが、それが自分の空想なのか現実なのか彼女にはわからない。

男は長居せずに帰っていった。店内じゅうから安堵《あんど》のため息が漏れるようだった。おねえさまがたも男たちも、明かりも粗末な壁も、竹で編まれた屋根も、強い緊張から解放され一気に弛緩《しかん》した。彼女は口を開けっぱなしにしていたせいで喉《のど》がからからに渇いていることに気づき、手にしていた飲みものを夢中で飲む。

その日以来、彼女はあの男を忘れることができなくなる。洗いものをしているときも、おねえさまがたの用事をこなしているときも、掃除をしているときも、始終男のことを考える。やもりにつかまえた蛾《が》を食べさせていても、あの男の顔がやもりに重なる。

おねえさまがたもあの男の噂《うわさ》ばかりしている。どうやらあの男は途方もない金持ちの国からきた、自身も途方もない金持ちで、悪寒《おかん》と熱の気味の悪い病にかかって、療養を兼ねてはるばる旅をしてきたらしい。病がよくなったあとは、毎夜のように女のいる店を渡り歩いているらしい。きっと女が好きなんだよ、あんなに若いのに女の尻《しり》しか見てねえんだよ、と、おねえさまがたは陽気に男をこき下ろす。男に見とれ、男に触れられることを一瞬でも想像してしまったが故《ゆえ》の軽口だと、彼女にはなんとなくわかる。

今まで彼女は自分の行く先についてほとんど考えたことがなかった。母親が亡くなり、幾ばくかの金銭と引き替えにここに連れてこられても、さほど悲観もしなかった。がんばって働きなと父親に頭を撫《な》でられるだけでうれしかったのである。その父親の顔も、日がたつにつれぼんやりと輪郭のみを残すだけになった。このおねえさまがたは、幸福に順位をつけている。たとえば、経済の安定した男にここから出してもらって、なおかつ妻にしてもらうのがいちばんの幸福で、妻にはなれずともとりあえずここから連れ出してもらうのが二番目の幸福。金払いのいい男がついてくれるのが三番目、四番目は決められた年数をここで無事に過ごして、自分の足で世のなかに出ていくことである。おねえさまがたが話すさまざまな幸福について小耳に挟んでも、彼女にはあまり実感が持てなかった。だって彼女はまだ、選ばれる権利すら有していないのだ。

しかし今、彼女はいちばんの幸福というものが何を意味するのか、眠りから覚めたようにくっきりとわかる。幸福というのはだれかが何かをしてくれるのを待つことではない、自分のほしいものをほしいままのかたちで手に入れることだ。けれどどうすればそれが手に入るのか、彼女には皆目わからない。わからないので、ただ念じる。あの男に会えますように。あの男がほかのだれでもなく私に会いにきますように。

数日ののち、最後の客が帰り、もう店も閉めようという段になって男があらわれる。おねえさまがたの多くは一日の仕事を終えて寝屋に戻っている。残っていたおねえさまたちに向かって、男は経営者に会わせてほしいと言う。おねえさまたちはあたふたと台所に駆けこんできて、Ｌおばさんに男の言葉を告げる。だって、なんの用なんだよ。知らないよそんなこと。でも待ってるから奥さまを呼んでこないと。奥さまはもうお休みだよ。だけど待ってるんだよ。抑えた押し問答の末、Ｌおばさんは台所から、ずっと奥の母屋《おもや》に向かう。おねえさまがたは台所で輪になって、ちいさな声で夢中になって言葉を交わす。さっきまで床を磨いていた女の子たちは、米袋に寄りかかって眠っている。彼女はおねえさまがたが夢中で話しているのを確認して、そっと店内に向から。仕切りのカーテンを思いきりめくり、彼女は男の元へ走っていく。そして直前でぴたりと足を止める。男を上目遣いに見上げ、困ったように見えるだろうかと思いながら困ったような表情を作る。どうしたの、と男が訊く。ほほえんでいる。聞いたこともないほどおだやかな、やわらかな声である。

「おとうさんがきたのかと思ったんだよ」彼女はうつむき、ちいさな声で言う。薄い闇《やみ》のなか、男がふと手をのばすのがわかる。触れられる、と思った瞬間、男のしなやかな指は彼女の頭に触れる。髪を梳《くしけず》るように撫でる。地肌に触れる男の指は、ねっとりと蒸し暑い夜のなかでひどく冷たい。男からは今まで嗅《か》いだことのないような甘いにおいがする。男の指が髪をまさぐるにつれ、膝《ひざ》から力が抜けていく。彼女は両足を踏ん張らねばならない。そうしないとその場に頽《くずお》れそうである。

「なんのご用でございましょう」

背後から奥さまが出てきて、彼女は舌打ちをしたい気分になる。

「さ、あんたはもう眠りなさい」

奥さまは彼女の肩を押し、男から引き離そうとする。この子は……男が言いかける

のを、

「この子はまだちいさいんでね、もうおねんねの時間なんですの」

奥さまは有無を言わさぬ口調で遮り、「さ」と彼女の背を押す。彼女はふりかえりふりかえり、台所へ向かう。男はじっと彼女を見ている。薄闇のなかで男の顔は花のように白い。

屋外の台所で、女たちは息を殺して店から聞こえてくる会話に耳を澄ませている。彼女もその仲間に入ろうとするが、「ほら、あんたは眠るんだよ」と、Lおばさんに追い立てられる。米袋の陰で眠っている女の子たちも起こされ、彼女といっしょに寝屋に向かう。彼女に与えられた部屋には、十五に満たない子どもばかり、六、七人が折り重なるように寝ている。台所で眠ってしまった女の子たちは、Lおばさんに起こされて朦朧《もうろう》とここまでやってきて、倒れこむようにして眠りに戻る。甘いような酸《す》っぱいようなにおいが充満している。彼女も空いている場所に横たわるが、湿気と蒸し暑さのせいではなく、なかなか眠れない。奥さまとあの男は何を話しているのだろう。彼女は男が触ったように、自分の髪に指を入れて撫でてみる。あの、力が抜けていくような心地よさはまったくない。彼女は目を閉じ、たった今嗅いだ男のにおいを思い出そうとする。菓子より上品なにおい。あれはきっと、ゆたかさのにおいだ。ここ以外の、途方もなく広い世界のにおいだ。

翌日から、なんとなくおねえさまがたに避けられているように彼女は感じる。いつも、彼女を呼んで菓子を分け与えてくれるおねえさまも、髪を結ってくれるおねえさまも、話しかけてこない。それでも彼女はとくに気にとめない。ほかに考えることがあるからだ。彼女はあの男を思い描いては、どうすれば手に入れられるかを思案している。いい方法など何ひとつ思いつかないのに、あれこれと幼い知恵をこねくりまわして日を過ごす。どうしたらあの男に、私をここから連れ出させることができるだろう？

その晩、店が開き、幾人かの客がやってきて、屋外の台所がちょうど忙しくなった頃合いに、またあの男があらわれる。彼女はしゃがみこんで、たらいに浮いた器を片っ端から洗っている最中だったが、男があらわれたことがわかった。掘っ建て小屋のカーテンの向こうが、華やかに活気づいたから。

ほかの女の子たちは、今日は眠らず、働いている。野菜を千切ったり、生ゴミをまとめたり、のろくさと働いている。彼女は水場を離れ、そろそろとカーテンに近づく。あの男を一目だけでも盗み見ようと思ったのだ。するとカーテンが勢いよく開き、憤然とした様子でおねえさまが出てくる。Lおばさんを呼び、何か耳打ちしている。二人はちろちろと彼女を見る。二人のひそひそ話は次第に大きくなり、彼女にも聞こえる。

「まだそんな年じゃないんだって説明すればいいじゃないか」

「したよ、したけど、お金は払うって言うんだもの」

「お金の問題じゃないんだよ、決まりってものがあるんだから」

言い合う二人を眺めていた彼女は、何が話し合われているのか理解する。私を呼べとあの男が言っているのだ、と理解する。そして、ぱっとカーテンをめくって店内に駆け出していく。

暗い店内のどこにあの男がいるか、すぐにわかる。男の美しさは明かりのようだ。そこだけきらびやかな光を放っている。彼女は男から少し離れたところで足を止める。駆け出してきたはいいものの、おねえさまたちがほかの客にそうしているように、ぺったりと隣に座ったり、膝に座ったりすることは、彼女にはできなかった。そんなことをまだ一度もしたことがないからでもあり、光るような男の美しさに圧倒されたからでもあった。彼女はその場に立ち、もじもじと足先を動かし、上目遣いに男を見る。

「こっちにいらっしゃい」

騒々しいなかで、男の放った言葉はまっすぐ彼女の耳に届く。男が自分を求めていることを彼女はその響きのなかに嗅ぎ取る。けれどすぐに近づくようなことはしない。近づけば近づくだけ、人は離れるものだとおねえさまたちは話していた。男はやわらかい笑みで立ち上がり、彼女の腕をやさしくつかんで席に戻る。いやいやながらそうするように装《よそお》って、彼女はうながされるまま男の隣の席に着く。もう私、眠いんだよ。そんなことを口のなかでつぶやいてみる。

「だったらここでおねんねしなさい」

男は彼女の知っている言葉を用い、自分の膝を叩《たた》く。彼女は内心でほくそ笑む。ほらごらん。だれに向かってか、そんなことを思う。けれど動かない。上目遣いに男をちらと見る。男が自分に触れたがっていることを確認する。

「まだほんの子どもなんですのよ」

いつのまにか、かたわらにきていた奥さまが、呆《あき》れたように男に言う。彼女は助けを求めるように奥さまを見上げるが、奥さまが男から彼女を引き離したりしないことを充分に知っている。

「だからなんにもしやしないよ」

男は微笑んだまま言い、すっと手をのばして彼女の頭に触れる。彼女の頭を自分の膝に誘う。それはずいぶんと弱い力だったが、彼女はまったくあらがうことができず、頭を男の膝に埋める。男の、しなやかな冷たい手が彼女の髪を撫で、頰を撫で、首を撫で、腕を撫で、背を撫でる。だれに撫でられるのとも違う感触が全身を走り、皮膚が粟立《あわだ》つ。彼女は目を閉じ、男の手の感触に全身で集中する。店に満ちた喧噪《けんそう》が遠ざかる。男のまとったにおいが体じゅうに満ちる。皮膚がとろけ、輪郭が崩れていくような錯覚を彼女は味わう。

「ねえ、安心していいんだよ」男は腰を折り曲げ、彼女の耳にささやく。手はひんやりと冷たいのに、男の息は犬の舌のようになまあたたかい。男の手は背から尻へ、尻から腿《もも》へと降りていく。布地越しに男の手の冷たさが伝わってくる。男の手は冷たいままなのに、触れられた部分が一瞬にして熱を帯びる。熱を帯びるのと同時に、魔術にかかったように力が抜けていく。男の手は腿を撫で、腹を撫で、まだ膨らんでいない胸を撫で、再び髪へと戻ってくる。髪のなかに指を差し入れ梳《す》くように撫で続けている。彼女は目を開き、そっと男を見上げる。男は彼女を見下ろしている。目が合う。男は彼女を見据えたまま顔を近づけ、なまあたたかい息を吐いて、言う。

「ねえ、うちにくるといいよ。きみの好きそうな人形もあるし、おもしろい絵もたくさんあるよ。ここよりはずっとたのしいよ」

そうだろう、ここよりはずっとたのしいだろう。彼女は、自分が願ったことが叶《かな》いつつあることを知る。この男はほかのだれでもなく私に会いにきたのだ。もしかして私にはとくべつな力があるのではないかと彼女は思う。願えば、そのまま得られる力が。ここで成長し、ここで老いていくのだろうおねえさまがたには与えられていない力が。願うだけで、思うだけで、世界は歩み寄ってくれるのではないか。ならば私は全身で願おう。絵も人形も何もいらない。私はあなただけがほしい。

いっそ連れ帰ってほしかったのに、男は翌朝帰ってしまった。願ったのに叶えられなかった失望は、以前より大きい。彼女は今や自分の不思議な力を信じはじめていたから。

翌日から、おねえさまがたはいろんなことを彼女に吹きこむ。あの人はあんたを連れていこうとしているらしいよ、と言うおねえさまもいる。でもあんた、あの男についていったらもう二度とここには帰ってこられないんだよ。遠いところでどんなひどい目に遭わされても、だれも助けてくれないんだよ。心配しているのか、脅しているのか、わかりかねるほどの真顔で言うおねえさまもいる。あの男の気まぐれにすぎないよ、というおねえさまもいる。今ごろはべつの店の、べつの子どもにちょっかいを出しているさ、きっと大人の女じゃだめなんだ。帰るころにはあんたのことなんか忘れて、ここにも二度とこないだろうよ。そう言うおねえさまもいる。このところ、Lおばさんと奥さまはよく立ち話をしている。そばを通りかかると、ちらと彼女を見るから、自分のことを話しているらしいとわかる。何が起きているのか、彼女にははっきりとはわからない。男はもう幾日もこない。おねえさまたちが言うように、自分のことなどすっかり忘れて、ほかの女の子を見ているのではないかと思うと、足踏みせずにはいられないほどじりじりする。結局待つしかないのだろうか。すべてのおねえさまたちがそうであるように、いちばんのしあわせを、ここでただひたすら待つしかできないのだろうか。どんなに願っても念じても、それを現実にする力なんてやっぱり私にはなかったのか。

そしてある日、彼女の父親がひょっこりと姿をあらわす。おねえさまがたの寝ている昼前にあらわれた父親は、彼女を見ると目を細め、

「こっちにいらっしゃい」と、あの男とおんなじせりふを口にする。彼女は近づかない。

「こんなところに置き去りにして悪かったね。おとうさんといっしょに帰ろうか」屋外の台所の、大木の影のなかにしゃがんで父親は言う。

彼女の母は、父親の正式の妻ではなかった。この父親は彼女が生まれる前からずっと本妻と、その子どもたちと暮らしている。彼女の母親が亡《な》くなって、まるで不用物を片づけるように彼女をこの店に連れてきたのだった。その父が、なぜ今になっていっしょに帰ろうなどと言うのかと彼女はめまぐるしく考え、ひとつの推測にぶつかる。あの美しい男は、本当に私を連れ帰ろうとしているのではないか。そのことで奥さまと取り引きをしているのではないか。奥さまは取り引きが有利に進むように交渉し続け、その話が父の耳に入ったのではないか。つまり父は、自分こそが男と有利な取り引きをしようとたくらんでいるのではないか。でも、私が父親のもとにいってしまったら、あの男はもう二度と私に会いにこないのではないか。

それは推測に過ぎないが、あんなに好きだった父親が、急にみすぼらしいものに見える。立ち上がり、彼女に触れようと伸ばした父親の手から、彼女は逃れる。けれど父親はあっけなく彼女の腕をとり、つかまえるように彼女の髪を撫《な》でる。男の冷ややかな指の感触が消えていく。いやだいやだいやだ。

「ちょっと、勝手なことをするんじゃないよ」

Lおばさんが姿をあらわして父親に諫言《かんげん》するが、

「だっておれの娘だもん」と、父親は聞く耳を持たず彼女の髪をまさぐり続ける。

「なあ、おとうさんと暮らそう、なあ」彼女はされるままになって、歯を食いしばる。そうすることで涙が流れるのを必死にくい止める。「ちゃんと迎えにくるから、それまでいい子にして待っているんだよ」父親は言い、Lおばさんから逃げるように帰っていく。

店が開き、客がひとり二人とやってきて、いつものように忙しくなる。彼女は機械的に動き続ける。皿を洗い、飲みものを運び、洗濯をし、そうしながら心のなかで叫ぶように願い続ける。男、どこにいる。私を連れていけ。私をここから連れ出せ。皿を一枚割り、飲みものをこぼす。Lおばさんからお小言を食らっても彼女は上の空である。薄暗い店内に目を這《は》わせ、男があらわれるのをひたすらに待つ。

その日の夜、だれかに呼ばれたような気がして彼女は目を覚ます。暗闇のなか、女の子たちが折り重なるようにして眠っている。女の子たちを踏まないようにして彼女は寝屋から出る。木の陰に人影が見える。おいでおいでをしている。それは父親ではなく、あの男だと彼女にはわかる。願ったから叶ったのだ。彼女はゆっくりと近づく。まるで雀《すずめ》を捕まえるかのように、男は彼女の手首をすばやくつかむと、一目散に走り出す。月の明かりであたりはほんのりと白い。白いなかに、木々や、静まった小屋や、田んぼや、遠く野山が浮かび上がっている。男の足は速く、彼女は転びそうになりながら、必死に走り続ける。夜道はひたひたと冷たい。何も履いていない足の裏は幾度か小石を踏みつけるが、その痛みすら彼女は感じない。手首をつかんだ男の手にすがるようにして、ただ走る。

連れていかれるのではない、連れていかせているのだ、と彼女は確認するように思う。私はおねえさまたちのようにただ待っていたのではない、自分から手をのばしてつかまえたのだ。

大勢の女の子たちと眠っていた小屋や、屋外の台所や、竹で編んだ屋根の店と比べたら、男の用意した住まいは、清潔で静かで広々としていて、隅々までが豪華で、いい香りに満ちている。たしかにここには彼女の知らないゆたかさがあった。毎朝目覚めると、彼女は自分に言い聞かせなければならなかった。これは夢じゃない、私は本当にあのちいさくて不潔な場所を抜け出したのだと。

見知らぬ大勢が彼女の部屋を出入りする。年老いた女が服を着替えさせ、若い女が体を拭《ふ》き、幼い女が盆にのせた菓子を持ってくる。だれも彼も彼女に笑いかけるでもなく、話しかけることすらしない。この場所で彼女が知っていると言えるのは、男だけである。男が部屋から出ていくと、彼女はとたんに不安になる。どこにいった、いつ帰ってくる。男の気配に耳をすませているのに、男があらわれても彼女はうれしそうな顔などしない。なお美しい男の顔を、両手で挟んでまじまじと見つめたい気持ちを堪《こら》え、無理矢理ここに連れてこられたのだとでも言いたげな顔つきで、ぐったりとして見せる。そうしていれば、男が心配し世話を焼いてくれるからだった。ぴったりと寄り添って食事をし、年老いた女のかわりに服を着替えさせ、髪を梳き、人形や玩具《おもちゃ》を持ってきてともに遊び、全身を撫でまわしながら眠ってくれるからだった。男は嬉々《きき》として彼女に読み書きを教え、食事の仕方を教え、服の着こなし方を教え、歩き方を、笑い方を、挨拶《あいさつ》の仕方を、抱かれ方を、甘え方を、歌い方を、男への接し方を教える。いくつかは興味深いが、多くのことには興味が持てないばかりか、うまくできずに苦痛すら覚えるが、彼女はおとなしく男に教わったとおりにする。従順さは、彼女にとって防御であるとともに攻撃でもあった。手に入れたものを守るための。

おねえさまがたが脅したように、ひどい目に遭うことはいっさいない。男が彼女を手荒に扱うことはないし、どこかに売り飛ばす気配もない。彼女がやもりや小鳥を飼い慣らしていたように、やさしくていねいに接する。男はいつもおだやかな笑みをたたえていて、教えたことを彼女がうまくできなくても、決して声を荒らげることもない。いつくしむようにじっと見ている。その男のおだやかさが、静けさが、笑みをたたえた瞳《ひとみ》が、次第に彼女には不気味なものに思えてくる。この男の、じっと私に注ぐ目は、私を見ていない、と彼女は思う。男が教える一挙手一投足の向こうに、だれかがいる。そのだれかとそっくり同じに、私を仕立て上げようとしている。そのだれかがだれであるのか、彼女にわかるすべはない。しかしそこには、何か得体の知れない闇《やみ》があるように彼女には思える。おねえさまがたが笑いながら客の相手をしていた、あの薄闇とはまったく種類の違う、湿った闇。彼女の知っている漆黒の夜とも違う、底の知れない粘ついた闇。男の発する甘いにおいは、ゆたかさのにおいではなく、その濃厚な闇のにおいではなかったのか。

男に抱かれて眠りながら、今では遠く思える日々を彼女は思い出す。願ったことを叶える力が自分にあると思ったことを思い出す。でも、と彼女は眠る男の顔を見て考える。美しさというのは得体の知れない力のようである。私が願いどおりあそこを抜け出しここで暮らしているのは、私にその力があったからだ。それは何も不思議な力ではない、目に見える単純な力だ。そしてこの男も、その力を持っている。この男こそ、今まで自分の願うとおりにことを運ばせてきたのだろう。望んで叶わなかったことなど、ただのひとつもなかったろう。そうして今、この男は、その力でもって私をだれかに仕立て上げようとしている。今、ここにはいないだれかを、存在させようとしている。

そうしてすっと彼女はこわくなる。この先私たちはどうなるのだろう。私たちの力の、どちらがより強いのだろう。私はつかまえられたのだろうか、つかまえたのではなく。男に、あるいは運命に。

男の願うようなだれかになり果てることに、彼女はおそれも迷いも感じない。それで自分がこの場所に、この美しい男とともに居続けられるならば、進んでそのだれかになり代わりたいとすら思う。けれど、もしかして自分には選択権などなかったし、これからもないのではないかと思うと、空恐ろしくなる。奥さまの店にいた幾多のおねえさまがたたちのように、ただ待つだけの人生なのだとしたら。男を選んだのではなく、男に連れ出させたのでなく、男に選ばれ、さらわれただけなのだとしたら。

男の教えるいくつかのことを、彼女はやがて学んでしまうが、しかしまだ何もわからないふりをし続ける。不服そうにぐったりするのをやめて、ほんの子どもであるかのようにふるまいはじめる。それは彼女の、男の力にのみこまれまいとするささやかな抵抗である。自分が成長しきらないかぎり、選択肢はいくらでも自分の手の内にあると彼女は信じている。だれかになり代わるのも、なり代わらないのも、男を愛することも、愛さないことも、ここにいることも、出ていくことも、みな選べるのだと信じている。大人になってはいけない、この男の視線をだれかと争ってはならない、男の不在を嘆いてはいけない、男の愛情を疑ってはならない。そうすればすべての選択権は奪われ、待つことしかできなくなる。

彼女は、ちっとも戻りたくはない奥さまの店を思い出す。においのきついおねえさまがたや、翻《ひるがえ》る洗濯物、疲れて眠る女の子たちを思い出す。男と走った夜の道や、ともに揺られた船の旅を思い出す。空を埋め尽くす星、耳元を飛ぶ羽虫、裸足で踏んだ石の硬さ、父親の湿った手のひら、汚れた服と酸《す》っぱい汗のにおい、Lおばさんのゆたかな乳、強い陽射《ひざ》しと木々の濃い影、たらいに浮かぶ食器と汚れた水。自分の捨ててきたおのおのを思い出す。そう、捨ててきたのだ、自分の意志で。そう確認するために幾度も幾度も思い出す。

男が姿を見せると、彼女は駆け出して男の首っ玉にしがみつく。食事をするときは男の膝《ひざ》に座る。だんだん退屈に感じられる人形遊びに、夢中になっているふりをする。眠るときは全身を男に預ける。おねえさまたちの下穿《したば》きにときどきついていた、茶色く変色した血の色を思い出しながら、おそるおそる用を足す。男ははじめて会ったときと寸分違《たが》わず美しく、彼女は今、子どもらしく顔を寄せてその美しさを貪《むさぼ》るように眺める。どれほどの力がそこにあるのか確かめるように、まじまじと眺める。

末摘花

すえつむはな

町田康

原典のあらすじ

故常陸親王《ひたちのみこ》の姫君・末摘花の噂《うわさ》を聞いた源氏は、彼女に興味をそそられる。朧月《おぼろづき》の夜、末摘花の弾く琴の音を聞いたのち、源氏が帰ろうとすると、暗がりに頭《とう》の中将が立っていた。気になって、あとをつけてきたのだ。二人は末摘花を競い合うが、どちらにも返事すらない。そののち源氏は末摘花と契《ちぎ》りを交わすものの、恥ずかしがるばかりの彼女に失望し、足が遠のきがちになる。雪景色の朝、末摘花の顔をようやく見るが、その鼻がとても長く赤いのに源氏は驚きあきれてしまう。

春はいろんなものが朧で、生きるということの根源にあるぐにゃぐにゃしたものが、そこいら中に噴出していて、美しいと言えば美しいが醜いと言えば醜くて、それを、ただ単に人々が美しいと言って賛嘆している、或《ある》いは、実は美しいとはまったく感じていないのだけれども人が美しいと言っているから真似《まね》をして言葉のうえだけで美しいと言っている人があって、そんな人をみるにつけ、おかしいような心持ちがする。

その心持ちは誰にも説明できない。してもわからない。だから歌にもしない。歌というものはわからない気持ちをわかるようにするものではない。わかりきった気持ちをこそ歌にするからそれが歌になるのだ。そんな簡単なこともわからないで、人にわからない気持ちを歌にしようとして苦心惨憺《さんたん》している人をみるにつけなんだかおかしいような心持ちがする。自分の気持ちや自分というものが朧になって春の朧に溶融していくようなそんな心持ちがする。馬鹿馬鹿《ばかばか》しいことだ。

と、感じてしまう鋭敏な感覚を持つ自分なので、歌など、瞬間的に千くらいは思いついてしまう。人の心も自分の心も物の心もすぐにわかってしまうからだ。そしていま言ったようにわかってしまったことは歌になるし、また、心の動きというのは無慈悲で、その心が動くままにしておくのは切なすぎ、歌でも作らないとやりきれない。歌の形にして自分のなかから取り除かないと生きていかれない。

だから、「おたくはなんぼうでも歌ができて、それがみな素晴らしい歌なのですから素晴らしいですなあ」と、素晴らしいを連発して羨《うらや》む人があるが、いみじきひがごとである。頭に浮かぶのが百やそこらで、そのなかに秀歌が二、三首ある程度ならそれもよいかも知れないが、一時に千も浮かんでそれがみな千年後の世にまで伝わるような名歌であるというのは困難以外の何物でもない。

それが歌だけであればよいのだけれども、感覚が鋭敏なのは歌以外のことについてもそうなのだから苦しい。

もっとも受け付けられないのが、心づくし、というやつだ。もちろん自分とて、それが善意から発せられたものであるのはわかっている。もちろん私のような身分のものが行くのだから善意だけではなく、かるがるしくは扱えない、と先方で思って手厚いことをする場合も多いが、それだと、というか、それはそれでこちらからみれば気になるところはいろいろあるのだけれども、でもまあ、その場をしのぐことができる。けれども、本当に善意から発せられたものに落ち度、例えば、磨きあげたはずの器に一点の曇りがある、といったこととか、それに類すること、そんなことは無数にあるのだけれども、があると、それを私に発見されたことをわからないで、自分は美々しいことをしているのだ、相手に満足してもらっているのだと思って、というと違う、信じて、まめまめしく働いている、その家の者の姿が切ないものに思えて、いやな、穢《きたな》らしいような気持ちになってしまう。自分まで穢くなったような気持ちになってしまう。ベニバナアブラ一升を一気飲みした後の胸焼け、いつまでも残る指先のベトッキ、スティッキーフィンガーズ、みたいな気持ちになって早々に退出、お互いに気まずい関係になってしまう。

なぜそんなことになるのか。それは私の感覚が鋭敏すぎるからいけないのか。そんなことはないと思う。なぜなら、この世には真の美というものがあるからだ。私はそれを何度かみたことがある。つまり、私が偏狭で依怙地《いこじ》で、一種病的の変態心理の持ち主であるから一般的な美に醜悪を見いだすのではなくして、一般的な美、一般的に美とされているものが真の美ではないからである。アル中がホッキ貝を焼いている。

ということは、これは話の流れとしては当然のことだけれども、ご婦人、お女中、女というものについても言える話で、だめっすわ、という感じ、感覚がある。というのは、まあ、私のようなものが、手紙を出すなりなんなりすれば、ただでさえそう無下にもできぬうえ、私の容貌《ようぼう》は光そのもので、歌はそんな調子だし、楽器なども超絶技巧で、舞も渋いので、たいていの女は、火の玉になってぶっ飛んできて、もちろん、火の玉になってぶっ飛んでくる女の姿が美であろうはずもなく、浅ましいばかりで引いてしまう。

もちろんなかには火の玉になってぶっ飛んでこない女もあって、しかし、それも真実の愛をその心のうちに宿しているからではなく、ただ、なんとなく意地を張っているだけと言うか、自分は、ああいう人から一行かそこらの手紙をもらったからといって、すぐに靡《なび》くものではない、などと無根拠に偉ぶっているだけで、それが証拠に、その後の動静を観察していると、なんということはない、そこいらのいきった兄ちゃんとデキ婚みたいなことをして幸せな家庭を築いてしまうのである。そんなもの築くな、阿房。

なんて思わず罵倒《ばとう》してしまったのは、自分の家に火の玉が飛び交っているからだけれども……、というか、それだけではなく、いま、つい、デキ婚と言ってしまったからで、それで、私の心に重くのしかかる、あのこと、を思い出し、ベニバナアブラ一斗を着衣のまま全身に浴《あ》みた、みたいな気分になったからである。厭《いや》だなあ。

そしてさらには、あの訳の分からぬ、占い・卜占《ぼくせん》。「ずびずば。ぱぱぱや」なんて訳の分からぬことを言いながら髭《ひげ》生やしてやってきて、私のこと、「国の親となりて帝王の上なき位にのぼるべき相おはします人の、そなたにて見れば乱れ憂《うれ》ふることやあらむ。おほやけの固めとなりて、天下を輔《たす》くる方にて見れば、またその相たがふべし」なんて言われて、ほなどないせい言うねん、俺は生きてたらあかんのか。という重い固まりのようなものが七歳の頃よりずっと心にのしかかって重い、重い、そんな重い気持ちがいつもあるから、真の美、真実の愛の渇仰《かつごう》が、真の美、真実の愛に触れて、重くのしかかるもの、さまざまの軛《くびき》から解放されてうち寛《くつろ》ぎたい、癒《いや》されたい、という気持ちが、ずっとずっとあるのである。そしたら私はもう歌なんか作らないし、琴《きん》なんて弾かない、笛も吹かない、っていうのは違うのかな。もしそうなったら私は、これまでとまったく違った真実の愛の歌をうたい、真実の愛の旋律をばりばり吹き鳴らすのかな。そしてその音こそが真の美ということになるのであろうか。噫《ああ》。

と、宿直所《とのいどころ》で詠嘆していると、大輔《たゆう》の命婦《みようぶ》という者がやってきた。私がいたわっていた乳母《めのと》の娘であるが、なかなかにふざけた女で、真情というものはまったくないのだけれども、他の者と違い、ふざけているということを隠さないところに、当人は気がついてないのだけれども、それなりのまことがあるので髪を梳《す》かさせるなどして使っている。

その命婦が、自分が根城にしている荒れた家で心細い暮らしをしている故・常陸宮《ひたちのみや》の姫君の話をした。それは気の毒なことなので詳しく聞くと、命婦は瞬間、しまった、という顔をし、「よく知らないんですけどね、人づきあいもないですし、伺ったおりにときどき話すくらいなんです。琴だけが話し相手みたいな人ですから」と、曖昧《あいまい》な、はぐらかすようなことを言う。私は直覚的にその琴の音が真実の愛を体現した音色であることがわかったので、命婦に、その音をきかせろ、と言ったのだけれども、命婦は、「そこまでするほどのこともないかも」と面倒くさがって、なお誤魔化すようなことを言う。しかし、私はすでに直覚的にわかってしまっているのでだめっすわ、「絶対に行くから先に行って待っとけ」と、言ったところ、「そうですか。じゃ、まあ、いま暇ですから行ってましょうか」と、乗りの悪い感じで下がっていった。

生命の根源にあるぐにゃぐにゃしたものがわき上がって月を覆《おお》い隠していた。美と醜が一体化して怪鳥《けちょう》のようにくるくる舞っていた。荒廃した邸《やしき》の荒廃した庭を通り、命婦の部屋で私はくんくんだ。さあ、さあ、さあ、真実の愛による、真実の琴の音を聞かせろ。そう言って急《せ》かせるのだけれども、命婦がどうも乗りが悪く、「いやあ、春先は音が悪いですからねぇ。やっぱ秋の方が音がいいですからねぇ」みたいなことをぐずぐず言い、「いいから聞かせろ」そう言ってやっと、姫君の部屋へ行った。

どんなことだろうか、と聞き耳を立てていると、真実ふざけた女だ、命婦は、先ほど私には、春先は音が悪い、と言っていたくせに、「今日みたいな夜は琴の音が冴《さ》えますよ。聞かしてくださいよお」なんてことを言っている。言われた姫君は、「わかってくれてるようだけど、宮中に行ってる人に聞かせるほどの技術が私にはない」と言いながら、すぐに琴を持ってきたというのは、やはり相当の技術を持っているのだろう。

そんなことで演奏が始まった。なかなかよかった。うまい、という訳では決してない。ただ、なんというのか、うまい人が弾くと、その曲が表現しようとすることを100パー、表現しようとするため、琴の音そのもの、が耳に入ってこない。ところがこの場合、純粋な琴の音が耳に入ってくる。これこそが下手に人の手によってこねくりまわされた音ではない、真実の音で、これができる、こんな音が出せる。というのは相当のものではないか。そしてもちろん、その人は、私がかつて見た真実の愛、というものをその身内に蔵している人なのである。

そして、そんな人がこんな荒れ果てた家に住んでいるという一事が、その人の真実をより確かなものにしている。なぜなら、美々しく飾り立てられたものは空虚であるからで、私はこれまでそんな例をさんざん見てきたからだ。

ぜひ私の、真実の愛を希求する気持ちを、この姫君に打ち明けてみたいと思う。しかし、なかなかに言えぬのは唐突に個人的な真情を打ち明けた場合、なんたら不躾《ぶしつけ》な人だ、と思われるかもしれないからで、どうしようか、と思っていると、突如として命婦の、「あ。忘れてた」という声がして演奏がやんだ。どうしたのだ、と思って聞いていると、姫君の声は聞こえず、「部屋に彼が来ることになってるのを忘れてました。別に断ってもいいんだけど、それで気まずい感じになるの嫌なんで、また今度、お願いします。ごめんなさい」と命婦が言うのだけが聞こえ、すぐに命婦は部屋に戻ってきた。しかし、もはやどうしても直接、話がしたくなった私が命婦に、

「もっと聴きたいんだけど。っていうか、向こうの部屋で聴きたい。襖越《ふすまご》しだと音がミュートされて、よくわからない。向こうの部屋で聴いてもいいかな」

と言うと命婦は、

「でもどうでしょうか。こういう貧乏な生活してるから服とかもあれだし、いま紹介するのって向こうに逆に悪い感じがするんですけど」と言い、それもそうだと思った

し、言われてみれば、命婦じゃあるまいし、初対面ですぐに乗り乗りになって、情意投合、即寝てしまうような、遣漫《やりまん》が真実の愛の人であるはずもなく、そこで、「じゃあ、私が愛《いと》しく思っているということを何気ない感じで伝えておいてくれ」と頼むと命婦は、軽い感じで、「はーい」と言い、その後、冗談のようなことを言って、どうにも頼りない。

そんなことで庭に出たのだけれども、真実の愛を希求する気持ちは募るばかりで、姫君の様子がなんとか知りたいもので、どこか身を隠せるようなところはないかと庭の様子をうかがうと、あった、あった、腐って倒壊した垣根の、部分的に残ったところ、あそこへ行って身を隠してやろう、というので行ってみると、うわうわ、誰か立っている、こんなところに盗人が入るはずもなく、はっはーん、荒れた邸にきれいな女が暮らしていると聞いて、それならば簡単にこませると考えてやってきたど助平だな、どんな顔をした奴《やつ》だ、どうせ阿房のような顔をした奴だろう、じんわりみてやろう、と思ったら、その男こそたれあろう、頭の中将《とうのちゅうじょう》であった。

頭の中将。私の妻の同腹の兄で父は左大臣である。なぜ頭の中将というかというと、蔵人頭《くろうどのとう》と近衛《このえ》中将を兼務しているからで、私とは心安く口をきく関係であり、私がみた真の美、真実の愛についても少しばかり関係しているところがあって、また、向こうは、美についての鋭敏な感覚を私と共有していると思っているが、しかし、私から見れば彼は、わかりきったことを歌にしてわからない気持ちを伝えることができると信じているという、典型的の人物である。だからときに私のすることや言うことが理解できず、しかし、理解できないことが理解できないし、理解できないことを理解したくないので、理解している振りをしようとし、そのための資料を捜すため、無闇《むやみ》に私のことを詮索《せんさく》したり、熱弁を振るったりするのが時折うざい。つまりは私のことが気になって気になって仕方ないのである。

今日もそうだった。なんでこんなところに立っておるのか、と尋ねたら、「一緒に内裏を退出したのに（一緒ではない。君がついてきたのだ）、妹の待つ左大臣宅にも行かぬし、二条の院に帰る感じでもなく、すうっ、と、どっか行っちゃうから、ちょっと気になって後をつけてきました」と、こんなことを言う。それにしても身なりが妙なので尋ねると、後をつけているのが破礼《ばれ》ないように、わざと安物の馬具を付けた貧弱な馬に乗り、衣服も略服に着替えてきたというのである。普通、そこまでするか？　それで暗がりにじっと立って聞き耳を立てているというのだから、完璧《かんぺき》にストーカーである。

しかし、本人にも言い分はあって、それでも普通の家に入っていったのであれば自分も、ああ、こんなところに女があるのか。あははん。と笑って引き返すのだけれども、こういう家に入ってしかも女房の部屋に入っていくので、まったく理解ができず、気になって引き返せなくなっていたら琴の音が聞こえてきて、じゃあそのうち、お宅が出てくるだろうと思って聞きながら立って待ってたんですよ。なんてことを言ったのだった。この粘着質な性格はなんとかならないのだろうか。もうこうなったら怖いよ。

と、頭の中将の人間性を不気味に思っていると、「僕を振り捨ててひとりで行ってしまうから」とか恨むようなことを言ったかと思うと、今度はにやにや笑って、「まあ、僕のことをうざいと思ってるでしょうけど、ま、こういう恋愛みたいなことをする場合、供をつけた方がうまくいくということもありますからね。次からは僕にも声をかけてください。ひとりで出歩くと御身分にふさわしくない事件が起こるかもしれませんよ」と言ったりして、本当にうざい。

そんなことで、一緒に帰ろう、とか言ってくるのだけれども、これを断ったらまた、後をついてくるのだろうし、それも鬱陶《うっとう》しいので、嫌だけど左大臣家に行くことにして、傾いた門をくぐって表に出ると、早手回しに車が二台、停めてあって、こうやってしゃきしゃき仕切られていくのが一番嫌なのだけれども、それを説明するのも面倒くさいので、我慢してさっさと乗り込むと頭の中将も乗り込んでくる。私は驚き、「君はあっちの車に乗ったらいいだろう」と言うと、へらへら笑い、「いいじゃん、いいじゃん」と言いながら太腿《ふともも》をぎゅうぎゅう押し付けてくる。気持ちが悪い。

しばらく行くと頭の中将は、「月がいい感じですねぇ」と棒読みのような口調で言い、なにかごそごそしているなあ、と思ったら笛を取り出し、これを吹き始めた。別に吹きたければ吹けばよいが、嫌なのは吹きながら、誘うような窺《うかが》うような上目遣いでこちらをちらちら見て、もの言いたげにするという点で、内心で、なんなのよ、と思っていると、ついに吹き止め、「一緒に吹きましょうよ。セッションしましょうよ」と言う。「いま、笛を持ってない」と言って断ると、「あ、笛でしたらここに」と、もう一管、笛を取り出した。事前に準備していたのである。どこまで不気味な奴だ、と思い、断ったらなにをされるかわからない、と思って嫌々、笛を吹きながら左大臣家に戻った。

妻が起きてくると面倒くさいので、そうっと入り、廊下で着替えていたら、早っ、もう着替えた頭の中将が、笛を吹きつつ向こうからやってきて、すぐ近くまでくると、私の目をじっと見て吹き続け、着替えが終わるや、「はいっ」と私に笛を手渡す。「これは？」と尋ねると、「さっき、曲の途中で着いちゃったんで続きをやりましょう」と言う。

しょうがないので嫌々、吹いていると、向こうから左の大臣《おとど》が高麗笛《こまぶえ》を吹きながらやってきて演奏に参加する。そうこうするうちに、女房連中が琴を弾きだして、一大セッション大会になってしまった。だからここの家にくるのは嫌なのだ。

それにつけても琴の音を聴くと、あらためてさきほどの家が思い出され、心が苦しくなる。美と荒廃。すばらしく似つかわしい。かつて私の触れた真実もまた……。

と、思ってまったく気合いを入れずに適当、吹いて、ふと視線を感じて見ると頭の中将が蛇のようなぬらぬらした目でこちらを見ていた。


それから何度か手紙を出した。ところがなんの返事もない。いったい、どうしたことであろう。この私が手紙を出して、ここまで返事がないというのは珍しいことで、つきあう気がないにしても思わせぶりなことくらいは普通、言ってくるはずなのだけれども。と、思い、殿上間《てんじょうのま》にいると小庭から頭の中将が入って来て言った。

「どうですか？　調子は？」

「普通だけど」

「普通だったらいいですね。僕なんか最悪ですよ」

「ああ、そうですか」

「あのお」

「なんですか」

「普通、最悪ですよ、って言ったら、どうしたの？ みたいなこと言いませんかね」

「ああそう。じゃあ、どうしたの？」

「じゃあ、どうしたの、ってこともないと思いますけど、最低ですよ。実は僕ね、手紙出したんですよ」

「誰に？」

「誰にって、ほら、例の姫君ですよ」

「ああ、出したの」

と、私はつとめて何気ない口調で言ったが、内心では動揺していた。そこで、「それで返事はきたの？」と、尋ねると、

「それがこないんですよ。ああいう家に住んでいる人こそ締めつけられるような美を知っているべきで、美しい詩文のような返書があるはずと思っていたのにこない。いったいどういうつもりなんですかねぇ。一応、私は貴公子なんですけどねぇ。なめて

るんですかねぇ」

なんてことを言ったうえで、「あなたも手紙をやったんでしょ。ねぇ、やったんでしょ。返事、きましたあ？」とねらねら訊《き》いてくる。そこで、

「さあ、一応は出したけどねぇ。別にそんな本気になるような女でもないから返事がきたけど、ちらっと見ただけでちゃんと読んでないねぇ」と余裕で答えてやったら、

「やっぱりねぇ、あなたには返事を出すけど僕には出さないんですねぇ」と嘆息、半泣きで出て行った。ははは。おもろ。

と、でも笑ってもいられないのは、女というものは熱心な求愛者に弱いもので、頭の中将があの粘着的な性格で猛アタックを繰り返し、姫君がつい心を許す、なんてことがないとは限らない。そんなことになったら大変で、なぜなら、頭の中将は姫君を愛しているから文を送っているのではなくして、私に拘泥《こうでい》、私のすることが気になって、常にそのことに関係していたい、と考え、手紙を送っているに過ぎないからである。

そうなる前、すなわち真実の愛が頭の中将に冒瀆《ぼうとく》される前に私がなんとかしなければならない。そのためには……、そう、命婦《みょうぶ》である。私は命婦を呼んだ。命婦はおもしろがってすぐにやってきた。心に実がなく存在自体が嘘《うそ》、みたいなおもろい女であ

る。こんな女にだったらどんなにあけすけに言っても大丈夫だ。私は命婦の顔を見るなり、

「相手がどう思っているかわからない。事情もわからない」「自分を浮気者と思っているのかもしれないが私はそんな人間ではない」「大体は女の方が一方的に騒いで、それで別れざるを得なくなるんだ」「あの人みたいに周囲で騒ぐ人間がいなくて、性格のいい子だったら絶対にうまく行くはずなんだよ」

などと、まくしたてるように言った。ところが、喜んでやってきた癖に命婦は、

「どうでしょうねぇ。あの子って、すごい地味じゃないですかあ。あんな子とつきあっても面白くないんじゃないですか」

と乗りの悪いことを言う。面倒くさがっているのである。この私が言っているのになにを面倒くさがるのか。私は重ねて言った。

「そら確かに、ポンポンポーン、って会話が弾む、って訳じゃないかもしれない。けど、そういうのって面白いけど疲れるんだよね。地味なくらいがちょうどいいんだよ。私がそう言ってるんだからいいんだよ。頼むよ。わかった?」

「はーい」

と命婦は返事をして出て行ったのだけれども、その後、瘧《おこり》、発熱・悪寒《おかん》・戦慄《せんりつ》が続いたり、私の心に重くのしかかる、あのこと、が進行したりして、知らないうちに夏になって暑くて暑くて、鞍馬《くらま》にでも遊びにいくかな、なんて思って表に出たら、暑さのせいか、発狂した尼が、「魔羅、魔羅」と叫びながら、全裸で往来を疾走、男とみれば抱きついてきて、穢《けが》らわしいので遊びにも行けず、ふと庭を見ると、頭の中将が、ぬう、と立っているみたいな最悪な日が続き、三度ほど気が狂いかけた。

そんなことでとうとう秋になってしまって、かつてみた、真の美のことが思い出され、いまその美に、愛に触れられぬことが苦しくて、じっとしていられないくらい苦しくて、そうなるとどうしてもあの姫君と逢《あ》いたい、話をしたい、抱きしめたい、という気持ちになってそれで手紙を書くのだけれども相変わらず返事なく、とにかく命婦を急《せ》かすよりほかない、というので命婦を呼び、半ば怒って言った。

「いったいどういうことだろうねぇ」

「なにがですか」

「とぼけてたら殺すよ」

「ああ、あの例の……」

「例の、じゃないよ。私はここまで虚仮《こけ》にされたことはこれまでない。いったいどうなってるのかなあ。っていうか、君がなにか策動してるんじゃないの」

「いいえ、私は別になにも……、ただ、あの方があまりにも内気で恥ずかしがりですから、いきなり言われてどうしていいかわからないだけで……」

「それは違う、それは違う。親が生きている間ならそうして恥ずかしがっていてもよいが、心細い暮らしをしているのに、そんな風に恥ずかしがっているのはおかしい。それにあの人は単に恥ずかしがっているのではない。あの人は真の美を知っている人だ。美の哀《かな》しみを知っている人だ。なぜそれがわかるかと言うと、僕も美の哀しみを知る人間だからだ。私はねぇ、はっきり言おうか？　言うよ。やらせてくれ、と頼んでる訳じゃないんだよ。おまえにそれがわかるか？　わからんだろう。私は、部屋に入れてもらわなくてもいい、縁側でいいんだよ、縁側に美の哀しみを知る者と並んで座りたいだけなんだよ。ところが向こうからは、うんともすんとも言ってこない訳でしょ。もうこのままじゃたまんないわけですよ。だからさあ、頼む。もうこうなったら直接、行くしかないでしょう。そういう風に段取っといて。わあってる、わあってる。いまも言ったでしょ。無茶は絶対にしないから。話だけ、話だけ」

途中から錯乱したみたいになってしまった私に命婦は言った。

「そうですか。じゃあまあ、そういうことにしてみましょうか」

「頼む」

「じゃあまあ、そうしましょう。いえね、あなた様がほらいろんな女の話を聞きたがるんで話のついでにと思って軽い気持ちで話しただけなんですけど、そこまで仰《おつしや》るんだったらそういうことにしますよ」と言って出て行った。よかった。
「頼む」

そして九月二十余日。月はまだ出てない、星明かりばかりの風吹く夜。ついに私は例の邸《やしき》の庭に立ち、まずは垣根やその他の物陰を調べた。頭の中将が潜んでいるかもしれないからである。幸いにして頭の中将はおらなかった。念のため縁の下ものぞいたがここにもいない。そうこうするうちに月も出て、琴の音が聞こえてきた。

姫君が弾いているのだ。月の光に照らされた荒れ庭に琴の音。いいなあ。いいよ。と言ってずっとここに立っているのも馬鹿《ばか》のようだ。とりあえず、命婦の部屋へ行こう、と、命婦の部屋に行き、「疾《はや》く行って段取をつけてこい」と小声で言うと命婦も、「わかりました」と小声で答えて立っていった。

暫《しばら》くして聞こえる騒虎《ざーとら》しい命婦の声、
「本当に困りました。本当に困りました。って二回言うくらい困りました。あの方がいまおいでになりました。っていうのは、実はあなたのことで私、ずっと文句言われてたんですよ。けど、私が勝手に返事する訳にいかないじゃないですかあ、それでほっといたら、そのうち自分で行って話す、って言ってたんですけど、ほんとに来ちゃったんです。どうしますぅ？　やっぱあれですよねぇ、そこまでなさってるのを断る訳にもいきませんよねえ。お話だけでも聞いてさしあげないとまずいっすわ。やっぱ。うんうん」

と言っているのが聞こえ、それに対して姫君が恥ずかしがっているのか、

「本当に、あなた様は子供っぽいですねえ。親が元気で生きていてなに不自由ない身分なら、そうして恥ずかしがっているのもわかりますが、こんな心細い生活をしてなお、そんな風に恥ずかしがっているというのはおかしいですよ」

と、はは、俺の言ったことをそのまま言ってやがる。したところ姫君の、

「ただ、聞くだけでいいのなら。鍵《かぎ》かけた戸越しでいいんだったら」

という声が聴こえた。思ったよりも低い声だった。

「戸越しって、あなた。そしたら外の縁側にあの方を通す、ってことになるじゃないですか。それはどうなんだろう。大丈夫ですよ。あの方はねぇ、そんな無理矢理入ってきて押し倒すとか、そういうことは絶対に、絶対にしない人ですから。ね、じゃあここのね、この襖《ふすま》閉めて、はい閉めました。それでここに座布団《ざぶとん》敷いときますから、

はい、じゃ、いいですか。呼んできますからね」

そんなことを言って命婦が呼びにきた。いよいよだ。いよいよ真の美、真実の愛が成就《じょうじゅ》するときがきたのだ。


くんくんになって部屋に入ると、やはり思った通りで、イマドキのノリノリの感じではない、奥ゆかしい、その人の人柄がしのばれる気配で、そこらのネーチャンとはやっぱり違う、って嬉《うれ》しくなり、この春以来の思いを語り、真の美、真実の愛についても語ったのだけれども、どういう訳か一言も返事がない。

そこでいろんな角度からいろんな話、ときに語調を変え、表現に工夫、適宜、風景描写なども交えて話したと言うのに、まったくの無反応、私はがっくり疲れてしまい、ついに、「弱りましたね」と言ってしまった。

「弱りましたね。なにも言わないと言うことは、少なくともノーではないわけですよね。だからまあ、こうやって喋《しゃべ》り続けている訳ですけど、考えてみたらそれってイエスでもない訳ですよねえ。ノーでもなければイエスでもない虚無のなかで私は、正直、疲れましたわ。すみませんけど、私が真の美、真実の愛に叶《かな》わぬ存在なのであれば、私が嫌いなのであれば、すみません、はっきりそう言ってもらえませんか。お願いしますわ」

と、決定的なことを言ってしまったのである。したところ、

「ノーではありません」

という声が聴こえた。さっきよりもずっと高い声だった。気持ちが昂《たかぶ》って声が高くなっているのだ。ということはイエスということで、そうだったのだ。やはりあの人は真の美とその哀しみを知る人だったのだ。私と同じ種類の人間だったのだ。望まぬのに神に愛され、神に愛されたことによって人と隔てられ、数少ない同族を求めて虚《むな》しく呼ばう人であったのだ。私はいま初めて自分が報われた状態にあるのを感じるよ。栄光の中にいるのを感じるよ。そして高揚感と同時に安らぎを感じている。すごいなあ。すごいことだなあ。と喜び浮かれ、いよいよ、真の美を抱きしめるときが来た、というので姫君に、

「お返事ありがとうございます。いまは僕の方が感動で口がきけないというていたらくです。僕は初めからわかってました。より深い愛があれば言葉なんていうものは必要ないのです。ぅでもね、人間というのは弱い物で、その愛の輪郭を言葉でなぞる、ということをしたくなるわけです。そうしないと不安な訳ですよね。とりもなおさずこの私も不安になっとった訳です。でも、よかったです。ノーではない。その言葉を

聞けただけで私はもう今日はお暇《いとま》してもよいくらいなんですけれども、しかし、真の美というものがすぐ間近にある喜びをもう少しだけ味わっていたいなあ、とそんな風にも思う訳ですが、あなたもそうですよね。って言って、また、黙っておられるのですね。まあ、それが真の深い愛の現れ、ということは私もわかります。っていうのは私たちは神に愛されてるんですよ。というと、多くの者は神に愛されるなんていいわねぇ、なんて言いますけれども、そんなことはない。なぜなら神に愛された者は人の世で生きにくいからです。人の世に生きる基盤を持っていないからです。そして神が人になす、人から見れば残酷な振舞いへの、人の怒りはすべて神に愛された人に向くのです。つらく悲しいことです。そんな体験を僕はこれまで何度もしてきたのですが、あなたはどうですか？　と尋ねてもやはり返事がない訳で、なんか言ってくれてもいいなあ、と僕なんか少々、思いますけれども駄目っすか。そうですか。いいですよ。ノーではないことは僕はもうわかっている訳ですからな。カラビナというのは最近使う人が多いですけれども僕は二十五年くらい前からカラビナの有用性を力説していたのです。二十五年前といったら生まれる前ですよ。誰がって、僕がです。つまり、それくらい前から主張していたのですが、その頃は、みんな、ふーん、って感じで冷たかったですけどね。ってことをいま言う必要があるかどうかはまあ別として日常的な

「話題ってことで言ってみたんですけど、やはり、なにも仰らないと言うのはあなたの愛がもう底なし沼のように深いということですよねぇ。沼とか好きですか。沼に行ってあえて斧《おの》とか沈めたら楽しいのですかねぇ？」

なんて話すうち、自分が、なにか滑稽《こっけい》な、別に普通の鶏卵と栄養価の変わらない、烏骨鶏《うこっけい》の卵を無闇《むやみ》にありがたがって珍重しているような愚民になったような気になり、ここまで言っているのになにも言わない女とはどんな女か、と、腹が立ち、また、襖越しというのがもどかしくなって、私はついに襖を開けて姫君の部屋に入ってしまった。暗い、なにも見えない部屋に入り、香がひときわ香った瞬間、美が頭のなかでスパークして、私はなにがなんだかわからなくなった。自分のやっていることが滑稽であること、そのことを展開するためには、さらに滑稽なことをやらなければならない。というか、真実の愛というのは滑稽なものなのだ。そんな考えが頭に浮かんだ。

部屋の隅に茫《ぼう》と浮かぶ赤い固まりに私は近づいていった。命婦やその他の者が、去っていくような気配、そしてその気配のなかに、私の行動を批判するような気配がさらに内包されているような気配を感じた。

おまえらに美のなにがわかる。そういう怒りの気持ちが睾丸《こうがん》の裏側から脊髄《せきずい》を駆け上がり、脳の中をぐるぐる回った。陰茎が怒張した。想念が赤黒くなって、複数の、私的な背景をいっさい捨て、すべてを旋律のために捧《ささ》げているような女の、「オー、ザンビア。オー、ザンビア」と歌う声が聴こえてきた。美だ。切実で哀しい、真の美だ。私は、この瞬間をどれほど待ち望んだことか。でも、私はこの瞬間が必ず訪れることを確信していました。それは姫君、あなたも同じでしょう。ああああああっ。こんな、こんな。こんな姫君と私は。

そんなことを思い、或《ある》いは呟《つぶや》きをだだ洩《も》らしつつ私は姫君にのしかかっていった。

夢のような、痺《しび》れるような快感。彼と我との合一、自分の溶融、彼岸への越境。快美と悦楽の高速回転花火。かつて私が垣間《かいま》みた、あの震えるような恍惚《こうこつ》がまた私を訪れる。

最初、私はそう考えていた。ところが、どうしたことだろう、まったくそうした快感のようなものはなく、ただただ、索漠とした感覚があるばかりであった。

女の体であるには違いなかった。しかし、硬いというか、情というものがまるで通わない、なにか鱶《ふか》のようなものを抱いてる、みたいな感触なのである。腕を差し入れても、かき抱いても、なんらの反応もなく、口を吸うと、厚ぼったいような、腔腸《こうちょう》動物を吸っているような、非常にいやな感触があり、実際にはそんな匂《にお》いはないのだろうけれども奇妙な幻臭に悩まされた。背中は板のよう、胸と腹はじっとりと汗ばんでいた。

こんなはずではない。私がもう少しうまくやればいずれ気分が出るはずだ。情が通うはずだ。真の美、真実の愛にいたるはずだ。そう思って焦《あせ》れば焦るほど、心は冷え冷えとし、不如意《ふにょい》で不分明な物体を抱え込んで途方に暮れている自分がばからしく思えてならなかった。

庭で虫が、チンチロチンチロチンチロリン、と鳴いているのが聴こえて、私はもはや耐えきれなくなって体を離し、起き上がって、「失礼しました」と言った。暗闇から、「むふう」という笑い声が聞こえた。私はいよいよ耐えられなくなり、無言で縁側に出た。

もはや月は叢雲《むらくも》に隠れていた。やはり虫が鳴いていた。命の限り鳴いていた。戸を開けて外に出たのがわかっているはずなのに、誰も見送りに出てこなかった。命婦《みょうぶ》すらこなかった。やはり批判的なのか。それにしたって見送りにくらい出たっていいじゃないか。そんなことを思いながら門をくぐった。暗かった。寒かった。風が吹いていた。

さんだった。それで眠ろうとするのだけれども眠れないのは、憂悶《ゆうもん》・憂愁ゆえである。真の美、真実の愛に私が恵まれなかったのは仕方ない。いつもそうだ。そう、いつもそうなんだ。狂人が、「いつもそうだ間抜け野郎」と四条河原町で歌っているのを聞いたことがある。いつもそうだったし、これからもそうなのだろう。私はこれまで、すべてを得る資格を持っているのにもかかわらず、なにひとつ欲しいものを手に入れることができなかった。

一瞬、垣間見えた真の美もはかなく消える。可憐《かれん》なものが掌《てのひら》から飛んで逃げる。私は瞬間を永遠に固着しようとして空《むな》しく歩き回る。ははは。卜占《ぼくせん》、あってんじゃんか。

というのは、まあ、諦《あきら》めているというか、どこかで、そんなこっちゃないかな、と思っていた。だいたいが、あの琴、なんですか？　あれは？　あのときは、もしかしたらいいのかナー、なんて思ったけれども、いま考えてみれば、はっきり言ってド下手ですよ。あの時点で、ダメカモナー、って。心のどこかで、思ってた。

だからそれはまあよいとして、問題なのは今後のことで、相手の身分が身分なので、もしここで、やり捨て、やり逃げ、みたいなことをしたらやはりまずいというか、有《あ》り体《てい》に言えば、私だって出世がしたい。そのためにはやはり悪い評判はこれを避けておいた方がよいし、もっと言うと、宮中というところは誰の娘と契《ちぎ》るかということで、将来の進路が決まってくる訳で、後でいろいろ言われたり、批判されたりしないためには、やはりマナーに従い手紙、後朝《きぬぎぬ》の文《ふみ》をやって、今日明日明後日《あさって》と通わなければならないのだけれども、あの索漠とした、不気味ですらあった共寝のことを思えば、とてもそんな気にはならず、でも、出世はしたいし……、と、いつまでも寝床でぐずぐずしていると、最悪だ、頭の中将が庭に、ぬう、と立っていた。

「いやあ、けっこう遅くまで寝てますねぇ。ゆうべはやっぱり、あれですか。どっか行ってたんですか」

頭の中将は窺《うかが》うような目つきで、そう言ったうえ、ぐひひ、と卑《いや》しみ笑いを笑った。こんな奴《やつ》に嗅《か》ぎ付けられ、方々で言い触らされたら出世ができない。慌《あわ》てて起き上がって言った。

「いやあ、宵からどこにも行かないで一人で飯食って、一人で寝ていると熟睡してしまうなあ。いかん、いかん。お宅は、内裏からここに来たの」

「そうですよ。お上の行幸の人選、今日ですから。誰になんの楽器弾かせて、誰になに舞わせるとか、全部、決めなきゃなんないでしょ。それで父親にも相談しようと思っていったん退出して家に戻るとこです。それで相談したらまたすぐ内裏に戻ります」

いかにも忙しげに言うのは、俺がこんな忙しいというのにおまえは寝とんのけ？ ええのお。という嫌味である。これを無視したら、また、粘着的にいろいろ言われるに決まっていて、そんなことをされたら出世にも響くので、「じゃあ、私も行くから一緒に行こう」と、嫌々、言い、一緒の車駕《しゃが》に乗った。

途中、頭の中将は、「熟睡した割には眠そうですねぇ」なんて嫌味をまだ言う。無視、無視。

それから宮中にあがって、もちろん、今晩、姫君のところに行く気はなく、せめて朝のうちに手紙だけでも書こう、と思うのだけれども、なにかと忙しく、手紙を書けない。誰に聞かせる訳でもないが、「こう忙しくっちゃあ、手紙も書けやしねぇ」と言ってみたところ、その台詞《せりふ》に弁解・弁疎《べんそ》の調子が多分にあった。自動車の製造ラインで働く、なんてことをしない限り、短い手紙を一本書く時間がないほど忙しいということはありえないからで、「ずっとバタバタしており、メールの返事が書けませんでした」なんてなのも嘘《うそ》だからである。ただ、面倒くさくて放置していただけなのだ。

夕方になって雨が降り始めた頃、忙しさが一段落した。一段落したら、手紙を書かなければならない。仕方ない。書いた。書いている最中、メンドクセー、と四回言った。

自分は今晩、行きたいのだけれども、雨が降っているし、あなたは心を開かないし、どうしても行けない。早く行けるようになるとイイナー。

という意味のことを歌みたいなことにして書いた。ははは。責任転嫁《てんか》。すぐに返事が来た。まるで美的でなかった。雨に濡《ぬ》れ、泣きながら待っている自分の心。みたいなことが歌で表現してあった。あの荒れた屋敷であの姫君が私を待っている。その事実を意識すること自体が苦痛だった。つまらない、無粋な女にあたら幻想を抱いたがためにこんなことになってしまった。私は光り輝くばかものだ。私は生涯、あの女の面倒をみることになるのだろう。ははは。ベニバナアブラでも飲むかっていうか、もう飲んだのか。行幸準備が忙しい。

なんつって、まあ、そこそこの女のところにはなんとか時間を作っていくのだけれども、当然、例の姫のところには全然行けないでいるうちに秋も暮れてもう十一月、もうすぐ行幸だ、というので、舞楽のゲネプロがはじまって、なんとなく宮中全体が盛り上がり、私自身もそれなりに浮き浮きしてるところへさして、櫛形窓《くしがた》から覗《のぞ》く者があり、誰かと思うたら命婦、あの姫の話をするのだろうなあ、と思っていたら言わんこっちゃない、あれから一度もこないというのは、あまりといえばあまりのしうちによよよよよと泣き崩れるひとりのおんな、みたいな愁嘆をぬかし、うざうざな気持ちになるのは、ずっと、悪いなあ、行かないとまずいなあ、と苦にしていたところへそういうことを言われるからで、さらに考えれば、こいつが最初、へらへらしてなかなかお取り持ちをしなかったのは、俺がすべてを知ってしまったらこうなるので、まあ、ええ感じのお噂《うわさ》、程度のところにとどめておこう、という配慮があったからで、その配慮に気がつかずに強引に事を押し進めてしまった俺に対して、野暮な奴だなあ、と思っているに違いなく、そう思われる事自体がつらい。

さらにあの姫、本人のおそらくは、悲しい、と思っている心が重くのしかかってくる。私は人のネガティヴな感情に耐えられない性格で、私の前では、人は、他人は、それがみえみえの嘘とわかってもよいから、基本的には明るくアッパーであって欲しいのだけれども、この命婦というのはそもそもそういう人間だから気に入って用を言うなどしていたのだけれども、こんな暗い事態になってしまった。

命婦。おまえは、こんなことくらいへらへら笑ってやり過ごす人間ではなかったのか。人に同情して泣くなんておまえらしくないじゃないか。

とも言えないのは、この事態を招いたのが他ならぬ自分であるからで、

「最近、忙しいからねぇ。しょうがないよね」

　みたいなことしか言えず、なんとか冗談にしようと思って、

「まあ、あの人も、ほら、なにかと無粋な人だから、少しそういうなんていうの、恋愛の駆け引きみたいなのをこのことによって学んだ方がいいかも。っていう教育的配慮も、まあ、あるんだけどね」

　と、言ったが命婦は笑わない。笑え、どあほ。


　それからしょうがない、行幸準備が落ち着いて、俺も舞って、いみじく評判よくて中将とかなったけど、昇進したけど、いろんなことが心に重くのしかかって、嬉《うれ》しいけど全面的にハッピーな感じにならない。それでひとつびとつ問題を片付けておこう、簡単なことから。という考えで何度かあの宮方に通った。相変わらず、味気なく、また、意味なく恥じらって、風俗嬢みたいな恰好《かっこう》で不自然に横向いて顔も見せようとしない。というか、女に会いにいくのは大体が夜で部屋が暗いから、どんな馴染《なじ》んだ女でもかなり経《た》たないと顔がわからない。

　そんなことをするうち、私がかつて垣間みた真の美、真の愛の人に連なる少女を二条の院に招いて、少女にかまうのがうれしくおもしろく、ほかの女のところにも行か

ないくらいだから姫君のところに行くこともしないでいたのはしょうがない、しょうがない。雨の日はしょうがない。

と、雨の日は開き直り、晴れの日も開き直って、いかないでいた。

が、すっかり開き直って、けらけらけら、と笑って過ごしていた訳でもなく、ひとりで酢の物を食べているときなど、気がつくと、「いい加減、そろそろ行かなきゃなあ」なんて呟くなどしていて、苦になっていることには変わりなく、ある日、ふと思ったのは、あの、気色の悪い感触や、なじまぬ感じというのはすべて神経の作用、すなわち、顔や姿形がはっきりしないから、疑心に暗鬼が生じているだけで、はっきり顔を見たらそんなこともなくなって、まあ、真の美、真の愛、というところまではいかないとしても、少なくとも、明朗で快活な、私が浜裕二のギャグ、あいつが楠本見江子のギャグを言ってお互いに笑うような、そんな関係を築けるのではないか、と思ったのである。

しかしだからといって、「あの、ちょう顔みたいさかい、明かりとぼしてくれるか」とあからさまに言うのも恥ずかしい話で、そこはそう、じんわりといてこましたろかい、というので、向こうの女房がリラックスして宵居、夜中まで寝ないでジャガリコに湯いれてマッシュポテトみたいにして食べるなどしてだらけているときを見計らって、ぽーん、と庭に入り、このあたりから見えぬものかと、格子《こうし》の間からのぞいてみるのだけれども、なかなか、几帳《きちょう》やなんか、古いのだけれども、あるべき場所にきちんとあるので、奥の様子はわからず、ただ、女房たちが四、五人、飯を食っているのが見ゆるばかりである。

膳《ぜん》はインポートもののようだけれども、古い型で時代遅れなうえボロくなっているし、肝心の飯も、ジャガリコよりも粗末な残飯の盛り合わせ膳であった。

庇《ひさし》の隅の間で女たちは実に寒そうであった。

煤《すす》けたみたいな白い着物を着、裳《も》を巻いて、昔はそんなことをやっていたがいまは、どこの家でもそんなことはしない、内侍所《ないしどころ》の女官だったらそんなことといまでもやってるが、髪の毛をぷわっと後ろにやって櫛で押さえていた。

奇妙・奇天烈《きてれつ》な人たちだった。そしてその奇妙奇天烈な女たちは、

「ああ、寒っ。今年はなんて寒いの。長生きの罰と思うくらい寒い」

とか、

「故宮がお元気だった頃、それはそれでつらいと思ったけど、比じゃないっす。自分がなぜ死なないで生きているのかわからない。こんな生活してたら普通、死ぬっしょ」

とか、愚痴・泣き言を言い、実際に泣き出すものもあった。

かと思えば、寒さのあまり、がくがく震えてタコ踊りみたいなことになっている者がある、「寒くてトイレが近いのだけれども、外に出たらもっと寒いから、さっきから我慢をしている。でも、そろそろ限界だ」みたいな、あり得ないくらいみっともないことを言う者も複数あって、いたたまれないというか、もう聞いてられない、私のただ美のみを志向する繊細な心が耐えられなくなり、話を打ち切ってもらおうと、いまこの瞬間、着いたような顔をして格子を叩《たた》いたのだった。


普段であれば、ま少し気の利《き》いた侍従がいるはずなのだが、この日はおらず、いっそう貧相な女房ばかりで、なにをやらせても鈍臭い。

雪がいみじく降ってきた。暴風が吹いてきた。風で灯火が消えたが、気が利《き》かぬのか、なんなのか、誰も点《つ》けにこない。あの、私に真実の愛を見せてくれた人が死んだ夜のことを思い出す。

この家はあのときの邸宅ほど広くなく、また、人もたくさんいるので、恐ろしいということはないが、なんか気色が悪くて寝られない。っていうか、こういうシチュエーションで女といるというのは、本来であれば、なかなかいい感じ、しみじみとした情趣・情感に浸り得るはずなのだけれども、一緒にいるのがこれ、体温のある材木、みたいな女なので、顔を見るとか見ないとかでなくやっぱそういう気持ちにはまったくならない。

ただただ不気味で味気ない、ざらざらの夜である。

しかし、経たぬようで経つのが時間、そんな夜もようよう明けて、ああ、くさくさする。外の空気吸いたいわー、というので、がらがらがら、自分で格子を開けると、庭は雪が積もって真っ白け。俺が帰って、俺の足跡だけが、ぽつぽつぽつ、とついているのは寂しいだろうなあ、と、その寂しさを感知するのは俺ではないのに、その寂しさが誰が感知したかということとは無関係に純粋の寂しさとなって俺につきまとってくることが予測され、さっさと帰りたいのだけれども帰ることができないのは俺固有の因果、って、俺、貴公子なのに、俺なんて言ってるわ。いつから言っているのだろうか。性と政治のことについて考えたあたりからだろうかまあええわ、とりあえずなんか言お、というので、

「ごらん。雪だよ。風情《ふぜい》のある景色だ。いつまでも恥ずかしがっていないでこっちにきたらどう?」

と言うと、女房どもも、「はや出《い》でさせたまへ。素直が一番、素直がサイコーです

よ」と言って、髪をくちゃくちゃしたり、服をふしゃふしゃするなどした挙げ句、ようよう、にじって出ていらっしゃった。

初めて明るいところで見る女の姿形。どうだろうか。「お？　意外にええやんけ。かいらしやんけ」みたいなところがあ、ははは、きっとあるに違いない。そういうところを私はこの雪の朝にハッケンしたいのだけれども、しかしまあ、それにしてもあまりじっと見たら向こうもこっちも決まりが悪い、そこで、外の景色を見るような振りをし、ちらちら横目で見るようなことをしよう。と思い、横目でみて、まず、ぐわっ、と思ったのは、その胴の長さである。無礼なぐらいに長い。こんなこっちゃないかと思ってたと思いつつ目を逸《そ》らし、また、恐る恐る横目で見て、どひゃあ、と思ったのは鼻である。どれくらいに長いかというと、動物園に行くと象という生き物がいて、耳はたはたさせつつ、ときおり、ぱおーん、とか、きゃー、とかおめいているが、あの象という生き物を思い出すくらいに長い。ぴゅー、と伸びて先の方が、くにゅ、と垂れ下がり、垂れ下がった先端が赤くなっている。論外である。

顔色は白いをとおりこして青ざめており。奇怪なことに、でこが、ぷくっ、とふくれて前方に突き出している。にもかかわらず、面長に見えるのはむちゃくちゃに顔が長いからで、おそらく二尺の手拭《てぬぐい》で頬かむりができないのではないか知らん。

衣服の上から肩の骨の形がわかるくらいに痩《や》せている。見ていて痛い。

心の底、腹の底から、見なければよかった、と思った。

しかし、それでもなお何度も見てしまうのは、女の姿形があまりにも異様だからで、人間というのはおかしなものだ、美しいものを吸い込まれるように見てしまうのと同様に極端に醜いものもつい見てしまうのだ。

ひとつ違う点があるとすれば、美しいものの場合、中途半端《はんぱ》に美しいものでも見るが、ありきたりな醜さはなかったことにされるという点で、そういう意味ではこの人の醜さは中途半端ではない。交通事故のような醜さだ。事故を見ていて事故を起こした私。

そんななか髪の毛ばかりは長くて黒くて美しく悲しい。

そして衣服。悲しい衣服。人の衣服のことをあげつらってファッションチェックみたいなことをする人は、自分はファッションのセンスがよいからそういうことをする権利があると思っているのかも知れないが、そうして人のことを人前であげつらっている自分がもっとも悲しい人間であることがわからないか、と思うから、衣服のことを言いたくないが、言わないにしても認識はしてしまったので、その認識を整理すると、色褪《いろあ》せた赤い襲《かさね》、汚れた黒い袿《うちぎ》のうえに、いったいいつの時代の服か、また、若い女が着るような服ではないのだけれども、これを着ていないと寒くていられないのだろう、黒貂《ふるき》の毛皮外套《がいとう》を着ている。

　ああ、認識してしまった。そして言葉がない。ただ、認識があるだけだ。普通は認識に対応する言葉がある。ところが女があまりにもあまりなので、それに対応する言葉がないのだ。ああ、とか、ううっ、とかしか言いようがない。どっひゃあ、とかね。けれども顔を見るなり黙ったら、向こうの人たちも、やっぱりなあ。姫君の顔を見るなり黙ってしまわれた。と思うに違いないから、やはりここは無理にでも、ということは認識に対応してなくてもよいから、ということは嘘《うそ》でも、なんか言わなければならない、というので、「いやあ、やっぱ、雪っていうのはあれっすな」とか、「ぼくらはやはりロイヤルサルーンですよね。ロイヤルストレートフラッシュって知ってますか」とか、いろんなことをいうのだけれども、恥ずかしがっているのか、袖《そで》で口元を押さえて黙っていて、その黙っている恰好というのが、肘《ひじ》がつっぱらかって、儀式官が笏《しゃく》をもって歩いているときの恰好の様で、本人は可愛《かわい》いぶってやってるのにもかかわらず、なんらの色気もなくただ滑稽《こっけい》でそこのところがなお憐《あわ》れで見るのがつらく、帰りたくて帰りたくてたまらなくなったので、君がいつまでも頑《かたくな》だから私は帰るよ。つらいのはこっちだからね。私を恨んではいけないよ。という意味をこめ、「朝日さす軒の垂氷《たるひ》は解けながらなどかつららの結ぼほるらむ」と歌った。

　こうした場合、通常、返歌があるものだが、「むむ」と不気味な笑みを浮かべるばかりなのは、おそらく作歌の能力がないからで、待っていると追いつめることになり、ますます人間の気の毒な様態を認識することになりそうだったので、そのまま庭に出た。


　年の暮れとなって、宿直所《とのいどころ》にいると誰かやってきた。呼びもしないのに勝手にくるのは大輔の命婦か、頭の中将。頭の中将だったらやだな、と思っていると、よかった、命婦が包みを持って入ってきた。

「あのお」

「なんですか」

「言った方がいいのか、言わない方がいいのか、わかんないことがあってぇ。どうしましょう。言った方がいいですか。言わない方がいいですか」

「それじゃ、わからない。言いたまえ」

「いや、それがどうも言いにくいことで」

「もったいぶってないで言え。そんな言い方されたらこっちが気になって仕方ない」

「じゃ、いいますけど、これ」

命婦はそう言って手紙を出し、「あの宮からきた手紙です」と言った。

あれ以降、もちろん行きはしないが、あの気の毒な赤鼻の姫をそのまま打ち捨てるということは私は性格上できないし、頭の中将あたりに騒がれてもいけませんし、経済的なことだけは手厚くさせてもらっていたし、なにももったいぶることはない、

「それだったら隠し立てする必要はない」

と、取り上げげると、業務用の不細工な紙に歌、

唐衣君が心のつらければ雲雲崖に本地垂れよし

とあった。唐衣？　崖？　はあ？　正露丸トーイ飲んで心が辛《つら》いので雲がかかった崖に本物の醬油《しょうゆ》が垂れている様がよい、と言ってんの？　意味わかんないんだけど。

と思って命婦の方を見ると、解いた包みの上に重そうな衣装箱がおいてあった。

「なんすか。それ？」

と尋ねると命婦は言った。

「いえ、けっこう笑っちゃう感じなんですけどね。せっかく向こうで正月の服ってい

うのでわざわざ用意して送ってきたわけでしょ。私の一存で返すとかできないじゃないですかあ。といって、お目にかけるのはちょっと、って感じなんで、あたし、どうしたらいいんだろう、って」

「いやいや、なかなか。俺なんか最近、ひとり者みたいなもんだから。淡雪は今朝はな降りそ白妙《しろたえ》の袖《そで》まきほさむ人もあらなくに、って感じだから」

と戯談《じょうだん》を言い、衣装箱のなかを見て絶句した。

贈られた衣服が激烈にださかったからである。チープな流行色の、あり得ないくらい、ピカピカ光る、浅草の漫才師の衣装のような直衣《のうし》であった。私がこんなものを着る訳がない。

そして、驚くほど拙劣な歌。周囲に直す人もおらず、そこここに、よい歌にしようと苦心した痕跡《こんせき》が感じられるのがまた悲しい。

「恐れ多いシロモノでげすな」

自分が選んだものでもないのに恥辱に顔を赤くしている命婦にそう言い手紙の端にいたずら書き、なにも考えずにふと、「なつかしき色ともなしになににこの末摘花を袖に触れけむ」と書いた。

それを命婦が脇《わき》から覗《のぞ》き込み、「末摘花って紅花《べにばな》のことですよねぇ」と不審そうに

していたが、やがて、意味が分かったのか、ぷっ、と笑い、笑いながら、「ベニ鼻すか」と言うと、

「紅《くれない》のひと花衣うすくともひたすら朽《くた》す名をし立てずは」

と言った。

赤い鼻やなんかのことを言い触らすな、と言っているのだが、誰がそんなことをするものか。なにも頭の中将が喜ぶようなことをこちらから好き好んでする必要はどこにもない。

「安心せぇ。そんなことは絶対にしない」

と言っていると、女房たちがやってきたので、命婦に、「隠せ」と言った。経済的な援助を受けている者に衣服を贈る、なんていうのは非常識そのもので、そんなことが知れたら、それこそ姫君の評判に関《かか》わるし、それにこんな趣味の悪い服の持ち主だと思われたくない。

箱の蓋《ふた》を閉め、「本当にすみませんでした。やっぱり、お目にかけなければよかった」と言いながら命婦は退《さ》がっていった。

翌日。女房詰所に命婦がいるらしいので、手紙の返事を持っていき、

「ほい。返事だよ。あの恐るべき歌の返事なんで、むっさ緊張したわ」

と言って投げて渡した。それた。命婦は、ひらっ、と飛んでこれを受ける。身軽な女だ。

なにか言いたそうな顔をしているので、もうこれ以上、俺になにも言うな、と、「タタラメの花の色のごと、三笠《みかさ》の山のおとめをば捨てて」と歌うと命婦は、ただちに、姫君とその赤い鼻のことを言っているのだ、と察知し、思わず、「てっ」と笑い、他の女房がこれをみて、「なにを笑ってるの」なんて詮索《せんさく》を始めたので、慌《あわ》てて立ち去った。命婦は、「わかんないけど、寒い日に赤い鼻して赤い服着てる人がいたんじゃないの」なんつってる。ふざけた女だ。

こっちからは、脇から貰《もら》った白い小袖、赤紫の上衣《うわぎ》、その他、山吹色のなんやかんやを、例の衣装箱にいれ、三十日の夕方につくように時間期日指定便で送ってやった。

ほいで正月。このところ帝《みかど》が浮かれていて、実はそのことが私の気分を重くさせているのだけれども、例年の女踏歌《おんなとうか》のみならず、男踏歌もあって、そのリハという名目で宮中全体が浮かれた感じになっていて、ただでさえ浮かれた正月がより浮かれた感じになり、でもいろいろあって芯《しん》から浮かれられない俺は、ともするとネガティヴなこと、ある重大事が頭の中将あたりから宮中全体に広がって、宮中某重大事件、みたいなことになりゃあしないか、なんてなことを思い、なぜかその連想で例のベニバナ姫のことも考えてしまって、そうなると、あそこへいかないことによって悪いことが連鎖的に起こるのではないか、あそこへ行かないと俺は破滅してしまうのではないか、という、薬師《くすし》はこういう思いを強迫神経症と呼んでいるらしいが、そんな思いが募ってめでたく明るく、みんなが浮かれている正月にあの陰気な、荒廃邸宅に行くなんてな仕儀になってしまうのはホント身の因果、七日の節会《せちえ》の夜の夜中、さくさくでかけていくと、お。なんか違う。つうのはさすがに正月、年の初め、日の初めあの荒れた家がまるで家のように、ってのは当たり前として、あの人間離れした珍怪《ちんけ》なベニバナ姫が、ぱっと見、人間みたいに見える。この調子、この調子、このまま順調にいって、せめて普通の不細工レベルになってくれ。銭はなんぼでも出すから。

なんて希《のぞ》みつつ泊まってあくる朝、明るくなるまでぐずぐずして、潰《つぶ》れた棟の側の戸を開けたら、はは、そちゃ東側、日がぱっとさして、さらには雪がちょっと降ってたから、その雪に反射して部屋の隅まで明るい。

着替えつつベニバナちゃんをちょっと見ると黒髪がいい感じ、年明けてちょっとはマシになったんかいな、と格子《こうし》を、つっても前のことがあるからみなは開けない、半開け、半ジャッターみたいなことにして開け、座ったときにしんどくないようにする台を交いもんにして半開けの状態をキープしたら、部屋に、古い、どこにいってもいまどきあんまり置いてあらない、それも男もんのアメニティーがぜーんぶ揃《そろ》えてあって、渋いなあ、と思う。

なんかいいなあ。どうしたんだろう。と思いつつ、でも、次の瞬間、どへあっ。というのは、なんのこっちゃない、ベニーちゃんがいまの女の子らしく見えるのは、私が暮れに送ったお洋服っつうのも妙だけれども、お洋服を着ているからで、なんのこっちゃない、いつもの僕の孤独相撲、てっ。照れ笑いを浮かべ、

「歳《とし》も明けたんだからさあ。今年は少しは喋《しゃべ》りなさいよ」

と言うと、ベニー、恥ずかしさにうち震えているのか、天然ビブラートのかかった声で、

「さへづる春は……」って古今集に入ってる歌、百千鳥《ももちどり》さへづる春は物ごとに改まれども我ぞふりゆく、って歌を歌おうとするのだけれども、それきり絶句してしまっているので、

「歳とってよかったねぇ。言えるようになったやんけじゃん。夢のようですよ。在原《ありわらの》業平《なりひら》ですよ。業平橋で行平鍋《ゆきひらなべ》買って日常的な夫婦の幸福感でも演出しましょか」

と言うと、嬉《うれ》しいのであろうか、袖で口を覆《おお》って笑っている。

その袖から覆いきれず、はみ出る長い鼻。鼻の先の赤い色。無限の哀《かな》しみの色。人間の苦患《くげん》の色。

本人はそんなことになっているとはついぞ気がつかず幸福そうに笑っている。帰りたい。

二条の院に帰り、私がかつて垣間《かいま》みた真の美、真実の愛の人に連なる少女をみて蘇《そ》生《せい》した。女になりかけている。けれどもまだなっていない。紅という色はもはや私にとって精神外傷なのだけれども、少女が紅《あか》いうちぎを着ているのをみてそれも癒《い》えた。癒《いや》し。

大人の女の化粧をしたらますますいい。これってロリコン？　心がちょっと狂ったような感じになる。やばいっすわ。家にこんな子がいるのだから脇に遊びにいく必要なんてないじゃないかあ、と思いつつ、近衛中将、いまに大将になる僕は子供とお絵描き、髪のながーい女の人、目描いて、口描いて、鼻描いて、鼻の先をあかーく塗って、うわっ。厭《いや》な気持ちになった。なんでこんなん描いちゃったんだろう。もういいよ。ベニバナはもういいよ、と思いつつ、いかなる変態心理だろうか、自分の鼻を赤く塗ってみたいような気持ちになって、それで実際に塗った。鏡を見ると、猛烈に美しい自分なのに鼻の先を赤く塗っただけで激烈に笑える感じになった。

これは笑かすしかないでしょう、というので、「ほうら、ほらほらほら」と少女に見せると案の定、少女は爆笑、そこで、「私がこんな片輪になったらどうする?」とたずねると、笑っていた少女は眉《まゆ》をひそめ、「それはいやです」というので、形だけ拭《ふ》く真似《まね》をして、「ああ、とれない。どうしよう、とれない。帝《みかど》に叱《しか》られるわ。きゃー」と騒ぐと、「たいへん」と真剣に心配して寄り添って拭《ぬぐ》ってくるので、「赤いのはまだいいけど、平定文《たいらのさだふみ》が女にされたみたいに黒い墨、塗らないでね」なんつって抱きしめた。きゃあああ。って、ばかだよ。これがやがて真の美、真実の愛になっていくんだよ。それがいまわかった。

うららかな太陽。梅の蕾《つぼ》み。また春が来る、また春が来た。いち早く咲いている梅があるなあ。この子は早く咲いた梅? ともあれ僕のなかの紅が癒《い》えてよかった。僕はこれからどうなっていくのだろうか。それは誰にもわからない。ただわかっていることはまた夏になってまた秋になってまた冬になってまた春になる。僕も死ぬ、この子も死ぬ。帝も死ぬ。みんな死ぬ。それだけだ。

葵

あおい

金原ひとみ

原典のあらすじ

賀茂の新斎院御禊《ごけい》の日、葵の上の従者たちにより狼藉《ろうぜき》をはたらかれて以来怨《うら》みが深くなった六条の御息所《みやすどころ》は、夢のなかで葵の上とおぼしき姫君をさいなむことが度重なる一方で、懐妊中の葵の上は物《もの》の怪《け》に苦しめられる日々が続く。急に産気づいた葵の上とまみえた源氏は、六条の御息所の生霊《いきりょう》が憑《つ》いているのに驚く。葵の上は男子を出産し、源氏と葵の上は初めてお互い心を通わせあうが、その後、葵の上は急な発作で息絶えてしまう。

茶色く変色した便器の上で、スティック型の検査薬を手の平に載せ、下半身を剝《む》き出しにしたまま思う。プラスかマイナスか分からないけれど、数秒後に検査薬に出る印は、色々な意味で現実とはかけ離れているに違いない。

検査薬に浮き出たプラス印が、一瞬私の体を強《こわ》ばらせた。検査薬を見つめたまま、トイレットペーパーを片手で破る。トイレから出ても左手の中にあるプラス印は消えず、浮き上がった時よりも色を増していた。妊娠とか、子どもが出来たとか、そういう実感は一切なくて、ただ私は「陽性」なのだという実感だけが湧《わ》いていた。朝方四時まで飲んでいた昨日、ふらふらで帰ってきてリビングで転んだ事を思い出して、思わずお腹《なか》に手がいく。二日酔いでまだ熱のあるように火照《ほて》っている体を抱くように、両腕を胸元で交差させる。かつてないものに触れて高ぶっていく気持ちが体の中で渦巻き、悲しみとも恐怖ともつかないため息が出た。

「そっか。ほんとに、出来るんだね」

「出来る出来るとは思ってたけど、まさか本当に出来るとはね」

正直な感想を、互いに口にする。幼さなのか何なのか、二人とも戸惑いというよりも、へえ、といった感心に近い気持ちで、現実を見つめている気がした。

「お腹、出てきた？」

「出てないよ。え、出てないでしょ？」

「そうだよね。まだだよね。今どのくらいなの？」

「五ミリとかじゃない？」

「そんな小さいの？」

「……分かんないよそんなの」

私はよく、光《ひかる》の前で子どもっぽく振る舞う。彼がそれを許すような態度をとっているからそうなっているのか、彼の子どもっぽい部分に対抗するための技としてそういう態度を取っているのか、自分でも分からない。彼の肩に顔を押しつけ、お腹大きくなっても好き？　と甘えた声で聞く。大丈夫だよ何だよそれ、と言う光が、いつもよりも優しい態度で私に接している事に気づく。妊娠したんだと分かった時にはもう少し毅然《きぜん》とした態度でいられるように思っていたけれど、彼と一緒にいると、彼が甘えさせてくれる限界まで甘えてしまう自分がいた。自分がこれからどうなっていくのか、きっと過酷なのであろう妊娠期間への不安が持ち上がってきて、それをごまかすようにして彼に抱きつく。やっぱりまだ母親になる準備なんて出来ていないんだと、身に染《し》みていく。十代で産む子だっているし、もう五歳の子どもがいるタメの友達もいる。決して早過ぎるわけじゃない。出産、赤ちゃん、オムツ、おっぱい、ベビーカー、ベビーベッド、哺乳瓶《ほにゅうびん》、今まで、真っ当に考えた事もなかった単語がどんどん頭に浮かんでいく。最近しょっちゅう酢飯が食べたくなるのは妊娠したせいなんだろうか、お腹が大きくなり始めるのはいつからなんだろう、妊娠中は普通に遊びに行ったり出来るのか、お酒は全く飲んじゃいけないんだろうか、ヒールのある靴は履いちゃいけないんだろうか、五センチくらいだったら大丈夫だろうか、マタニティ服で可愛《かわい》いブランドとかはあるんだろうか、妊娠線っていうのは皆出てしまうものなんだろうか、大きくなったお腹は出産したらすぐに元に戻るんだろうか、子どもに障害があったらどうしよう、大体出産なんて、私に出来る気がしない。一つ疑問が浮かべば相乗的に分からない事不安な事が湧いていって、自分の卑小さを感じたような気になる。

「あ、俺は立ち会い出産は出来ないよ」

「いいよしなくて」

「葵も、立ち会いなんて嫌だよね？」

「うーん、分かんない。でも、ちょっとでも迷いがあるなら、しない方がいいと思う。インポになるんでしょ？」

「なる人もいるって言うね」

「それは困るし」

「俺だって困るよ」

「あー酢飯食いてえ」

「あ、最近酢飯酢飯って言ってたの、妊娠のせい？」

「うーん。やっぱそうだったのかなあ。だとしたら何か、すごくない？」

「ほんとに酸《す》っぱいもの食べたくなるんだね。らっきょう食べたい？」

「らっきょうは別に」

こうやって、光と話している内に、何となく妊娠を受け入れている自分がいて、まあこうして、何だかんだと流されていく内にお腹が大きくなっていって、あーもう私母親、みたいな気持ちになった頃、子どもが産まれてくるのかもしれないなあ、と思う。今日いきなり赤ん坊をぽんと渡されても困るけど、十ヶ月後に産まれるんだと思えば、まあその頃には心構えも出来ているんじゃないかと、今は無責任に思える。

隣にいる光の、そわそわした態度に軽く苛立《いらだ》ちながら、機械的にページをめくっていた手を止めた。またあったと思いながら、記事に目を落とした。プレママ向けの育児雑誌には大抵、産後一ヶ月の過酷な生活が写真入りで記載されていて、その時期はどちらかの親を頼るのが常識、という暗黙の了解があるようだった。でも、自分の母親が私たちの家に入り込んでくると考えただけで、女性ホルモンが大量分泌《ぶんぴつ》されているせいでぼんやりとした意識が、一瞬にして張り詰める。同時に、いつも母親の事を考える時に思い出す、実家の嫌な臭《にお》いが漂った。光は私が熱くなったり青くなったりしているのに気づかないまま、隣で同じく育児雑誌のベビーカー特集に目を落としつつ、ねえねえ、このベビーカー大きくていいよね、と指さしている。

産婦人科の待合室にいる、光の姿。見ているこっちも落ち着かないけれど、彼の方は彼の方で、どうにかこの空気の中で確固とした世界を作り上げようと必死になっているようだった。最初の頃は、何度か来る内に慣れるだろうと思っていた。妊娠も中期に入ったというのにいつまで経《た》っても慣れない光の態度に、ガキっぽさを感じて嫌になる。私は、自分が子を孕《はら》み強制的に変化せざるを得ない状況に置かれているのに、彼はいつまでも自分のスタンスを崩そうとしない、という事実にムカついていた。一人で来た方が、よっぽど気が楽に違いない。分かっているけれど、私は光にも足枷《あしかせ》を付けたくて、健診は一緒に行くものと決めた。そうでもしなければ納得出来なかった。最後のその瞬間には、私自身の力で放《ひ》り出すしかないと分かっているのに、私はまだ出産を共同責任にしたくて悪足掻《わるあが》きをしている。

蛙《かえる》のように、胃を吐き出すんじゃないかと思うくらい吐き続けた悪阻《つわり》の時期、お腹が空《す》くと気持ち悪くなって、食べたら食べたで気持ち悪くなった。常に貧血のようにくらくらしていたし、怠《だる》くて思い通りに動けなかった。妊娠初期は、自分だけが損をして、自分だけが辛《つら》い思いをしている事に耐えられず、何度も何度も光に当たり散らした。あんただけのうのうと！ という気持ちで、いつも光の事を見つめていた。中期に入って、それも落ち着いてきたけれど、健診の時はこうしていつも気持ちがささくれ立つ。

「親？」

「うん。安定期に入ったし、私はそろそろ電話で報告だけしようと思ってるけど」

「俺は言わないよ」

「産まれても言わないの？」

「言うべきかな」

「別に、言いたくなければいいんじゃない」

光の両親に、私は会った事がない。彼も、一度両親との食事に送ってもらった時、軽く紹介をした事がある程度で、きちんと私の親と対面した事はない。私たちは二人とも、あまり親と近い関係にない。彼は自分の母親が嫌いだ。酔っぱらった時に、話しているのを聞いた事があった。

「子どもの頃、うちには六郎っていう下男が住んでるって、思うようにしたんだよ。うちの父親の事が好きな、女装した六郎っていう男が住み着いてるって。父親が家に寄りつかなくなってから、六郎は父親への憎しみと愛情を、俺にぶつけるようになったんだ。俺の目には母親は、年老いて、似合わない女装をした小男に見えてたんだよ」

そう話す光が、嬉《うれ》しそうに微笑《ほほえ》んでいるのを見て、こう言う事で彼は母親に仕返しをしているのかもしれないと感じた。分からない、それは私が外で母親の悪口を言えば言うほど、快感を得ているから、彼もそうだと思い込んだだけかもしれなかった。六郎、私は一言呟《つぶや》いて笑って、見てみたーい、などとちゃかしていた。それは、まだ私たちが付き合う前の事だった。その時、二人して母親を罵《ののし》りながら、私は安心していた。私は、母親嫌いな男の人を見つけて、救われたような気がしていた。でもそんな人の子を孕み、これから産むという成り行きに、今はある意味で面白味を感じている。

「ねえ」

「うん?」

「お母さんはさあ、子どもが出来たこと黙ってたって知ったら、怒らない?」

「怒るかもしれないね。でも、危害を加えたりはしないと思うよ」

「そう」

「怖い?」

「分かんない。会った事ないし、どんな人か分からないし」

「いいよ母親の事なんて。俺は孤児みたいなものだから」

その台詞《せりふ》の幼さが、今は笑い事には出来なくて、何度も頷《うなず》きながらそっかと呟く。彼の子どもっぽさに、私はむしろ母親の影を感じる。母親が、大人になれないよう、彼に呪《のろ》いをかけたのではないだろうか。

「この間、矢中さんに聞いたの。光のお母さん、有名な人だったんでしょ?」

「え？」

「何とかって劇団にいて、すごく綺麗《きれい》な人だったって」

「昔の話だよ」

彼が話したくないような素振りを見せたから、それ以上は聞かないようにした。光の母親が美しくないわけがないとは思っていたけれど、人の口からそう聞くと、やっぱり実感が湧いた。美しくて、きっとたくさんの男から求婚され、その中で一番の男と結婚し、美しい息子を持ち、夫と不仲になり、いつしか息子にも捨てられた母親を。息子に六郎と名付けられた女を。いつか彼女が、遠い場所で私の存在を知ったら、何を思うのだろう。私はたまに、彼女と会った時の事を想像する。何と挨拶《あいさつ》を交わすだろう。こんにちは、初めまして、葵と申します。例えばそう、はきはきと挨拶をしたら、彼女は何と言うだろう。彼女は意地の悪い目つきで私を睨《にら》み付け、あの子は変わった子でね、などと言って、私の知らない彼の話をするだろうか。子どもの頃の失敗談を披露して、光を苛立たせたりするだろうか。

「大丈夫？」

育児雑誌を持ったまま、ぼんやりと宙を見つめる私を、不思議そうな顔で光が覗《のぞ》き込んだその時、名前を呼ばれて、私たちは持っていた雑誌をテーブルに戻した。

「変わりはないですか？」

糊《のり》のきいた白衣を着た女の先生は、母子手帳とカルテを見比べながらいつもと同じように大きな声で喋《しゃべ》る。

「ないです。でも、さっき測定してもらったら、体重が前回より一キロ増えてて」

「そうですね。まあ気をつけて欲しいところではありますが、まだ安全な増え方です」

「そんなに食べてないのにね」

光が私に言って、それを聞いた先生がさっと彼に向き直った。

「今もし奥さんが遭難したり、どこかに閉じこめられたりして、食べ物にありつけない状況になったとしても、赤ちゃんに栄養を送り続けられるように、体が勝手に蓄えてるんです」

先生は、はきはきと言った。自信に満ちた彼女の態度を見ながら、ああこの人はもう何人か子どもを産んでいるんだろうなと思った。光が、冬眠みたいですね、と納得した顔で頷くと、先生はあっはっは、と豪快に笑って私をベッドに促した。お腹を出して寝そべると、下腹がぷっくりと盛り上がって見える。子宮底長と腹囲を測られながら、私の足下に座っている彼を見やると、やっぱり居づらそうに、見えているのかいないのか、ぼんやりとモニターの方を向いている。脇《わき》に座った先生が、お腹にゼリーを絞り、エコーを当てる。くるくるとゼリーをのばして、まず最初に赤ちゃんの顔を探り当てた。

「いました、いました。あ、今蹴《け》りましたね」

胎動と同時に、映し出されたエコーの中で赤ちゃんが揺れるのが見えて、感動する。これまではエコーを見ていても、それとお腹の中がシンクロしているように思えなかったけれど、胎動を感じるようになってからは、ああ本当にここに生き物がいるんだと思えるようになってきた。

「あれ、どっちか、言いましたっけ？」

びっくりして彼と目を合わせた。前回、前々回の健診で、「まだ分からないんでしょうか」「まだですね」というやり取りをしたのを、先生は忘れているようだった。

「まだ、です。分かりますか？」

「うーん、たぶん、男の子です」

絶句して、ずんとお腹が重たくなったような気がした。男の子、やっぱり、お腹の中と自分の想像と、現実が、どれも一致しなくて、何故《なぜ》だろう、私は一瞬にして激しく混乱した。女の子と言われていても同じように混乱していただろうと思う。途端に、お腹《なか》の中が怖くなった。性別がどっちであっても、大して気にならないだろうと思っていただけに、動揺している自分に、逆に動揺しているような気がした。目が白黒して、世界がちかちかとまたたいているような、あまりの激しいショックに周囲がそれまでと全く違って見えた。

エコーの写真をもらって、診察室を出て、血液検査のために移動している途中、緊張と混乱で冷たくなった手で、彼の手を強く摑《つか》んだ。

「良かったね」

彼は私の気持ちには気づいていないようだった。そう言って、いつものように私の手から逃れようと、困ったような笑みを浮かべて手を引いた。

「やだ」

「え？」

「怖い」

「何が？」

「……こども」

「何で？　葵、男の子が欲しいって言ってたよね？」

「そんなの……」

「どうしたの、葵。ちょっと、座ろう」

彼に促されて、廊下の椅子《いす》に座り込むと、涙が出た。

「どうしたの。性別聞くの、あんなに楽しみにしてたじゃない」

「違うの」

「葵は、男の子が良かったんでしょ？」

「光には分からないでしょ？　私の気持ちなんて分からないでしょ？　私男の子がいいって言ったけど、私がそう言っただけで、嘘《うそ》かもしれないじゃんそんなの。本当は女の子がいいって、思ってたかもしれないじゃん。光に私の気持ちが分かるわけないでしょ？　どうしてそんな事言うの。私の気持ちなんて、私の本当の気持ちなんて誰にも分からないのに」

滑り出した口は止まらなくて、大きな声で光を詰《なじ》った。光が悪いわけじゃないし、男の子だったのが嫌だったんでもない。女の子が良かったんでもない。確かに、昨日まで男の子が欲しいと思っていた。でも性別云々《うんぬん》ではなくて、今はとにかく全《すべ》てを拒絶したい気持ちになっていた。さっきまで普通に仲良くしていたのに、最近はずっと穏やかな気持ちで過ごせていたのに、全部がぶち壊しだ。そう思えば思うほど、どんどん悪い方向に滑り出していくのが分かった。どうしてだろう、私はもうそれを自力で止める事が出来ない。

「葵、やめなよ。赤ちゃんに聞こえる」

小さな声で、まるですぐそこに眠っている私たちの赤ちゃんがいるかのような言い方をする光に、一瞬にして燃え上がるような怒りを感じた。

「やめてよ気持ち悪い」

大声で怒鳴ると、一人で立ち上がってエレベーターのボタンを押した。これも赤ちゃんに聞こえた、全部赤ちゃんに聞こえてる。自分の中で反芻《はんすう》するその罪悪感に苛《さいな》まれ、それは光のせいだと強く思い込んで、怒りを募らせる。すぐに到着したエレベーターに乗り込むと、追ってきた彼が閉まりかけたドアを開いて滑り込んだ。怒りのやり場がなくて、私は右足を思い切りエレベーターの壁にぶつけた。ガンッ、と大きな音がして、体が大きな衝撃を感じた。お腹の中に伝わってる。そう思った自分が、もう取り返しのつかない所まできているのに気がついて、泣きながらまた足で壁を蹴りつけた。やめなよと、鞄《かばん》を片手に棒立ちしたままの光が冷静な声で言う。多分、彼がエレベーターに乗っていなかったら、私は壁を蹴りつけていなかっただろう。混乱とは裏腹に、冷静にそう思える。私は、光がいるからこうして混乱してみせ、私が混乱しているのは二人の責任なのだとアピールしている。私は、一体何をしているんだろう。エレベーターが一階に下りてドアが開くと、光よりも先にエレベーターを降りて早足で病院を出た。外の空気に触れて、やっと少し冷静になれた。

「大丈夫？」

本当は心配なんかしていないのだろうと分かる。光は私を疎《うと》ましく感じている。錯乱する女を心では突き放しているくせに、心にもない言葉を吐く光に反発を覚えた。でもそれ以上に自分が情けなかった。どうして光だったんだろう。不意に、そう思う。どうして私はこういう人と、結婚をしたんだろう。光は、どうして、ある一線からこっちへはやって来ないのだろう。どうして人と自分の境目を作るのだろう。私は安全圏を飛び出してこんなにも関《かか》わろうとしているのに！　エゴにまみれた女のヒステリー。彼はそう括《くく》るだけだろうと思ったら、今自分の中にある全ての強い気持ちが萎《な》えた。

「葵はどうしてそんなに色んな事を、ぐちゃぐちゃにして全部一緒にしちゃうの」

その言葉が、今彼が出せる、最大限の優しさなのだろうと思ったら、私は混乱や苛《いら》立《だ》ちや悲しみを全て捨て、全身で彼を求めていた。

推定体重二千五百グラム、お腹もぽっこりして、体はずんと重い。体重は、妊娠前と比べてもう十キロも増えていた。それでも、そんな姿になっても、私は子どもを産める気がしなかった。何かトラブルがあって、何か事故があって、理由は何であれ、私に子どもを産める気が、本当にいつまで経《た》ってもしなかった。計画分娩《ぶんべん》にして、明日に出産を控えてもなお、赤ちゃんが想像出来なかったし、この腕に抱いた感触なんかも、全く想像がつかなかった。

急に産気付いた時のために、入院のための産褥《さんじよく》用《よう》下着やパジャマを詰めてあったスーツケースの中身を最終確認している時だった。帰宅した光がリビングに入ってきて、おかえりと振り返った私に笑いかけ、隣に座り込んだ。

「今日、父親に会ってきた」

「え」

「子どもの事話したよ」

「お父さん、何だって？」

「明日産まれるって言ったらびっくりしてたけど、嬉《うれ》しそうだったよ。名前は何にするんだ、って聞いたりして」

「男の子だって、言った？」

「言った言った」

「そっか。じゃあ、ぎりぎりセーフで、産まれる前に報告出来たんだね」

「産まれたら電話しろってさ」

「お父さん、お母さんに話すのかな」

「それは、話すんじゃない？」

「……お母さん、どうなのかな」

「何が」

「自分は無視されて、お父さんだけに話したなんて、傷つくんじゃないかなって」

「葵は、そんな事気にしなくていいんだよ」

でも、と呟《つぶや》きながら、自分の考えている事がとても偽善的な気がして、口を噤《つぐ》んだ。怖いとは違ったけれど、光のお母さんが、お父さんからその事を聞いた時、どう思うのかと考えたらいても立ってもいられないような悪寒《おかん》が走った。

「葵だって、母親に会わせないつもりなんでしょ？」

「それは、そうだよ」

私は、背筋を伸ばして答えた。それを見て、光はおかしそうに笑った。一ヶ月くらい前、母親が電話を掛けてきて、退院後はこっちに帰って来なさいと言った。もしも彼女が本気で、私が実家に帰ってくると思っているのだったら、彼女はもう頭がボケてしまっているに違いない。私がどれだけ彼女の事を憎んでいるか、彼女にだって分かっているはずだし、それをどこまでも見て見ぬ振りをしようとするその態度には異常な執着心が感じられて、彼女の顔を想像するだけであの臭《にお》いがして吐き気がこみ上げて仕方なくなった。私はそれ以降母親からの電話とメールを無視して、父親に、出産後母親が病院に来たりしないように気をつけてくれと頼み込んでいた。

「まあお互い、親に関しては好きなようにやっていこうよ。俺はもう、孤児としての人生を選んだ以上、仕方がないと思ってる」

もしかしたら、彼はかつて母親と性的な関係を持っていたのではないかという想像は、大それているだろうか。彼の母親は、彼と性的な関係を持つ事によって、彼をとことんまでスポイルし全能感を与え、大人になろうという気持ちを失わせてしまったのではないだろうか。私は、これまでに何度かそういう疑念を持った事がある。お腹の子どもの親になる日を明日に控えて、何故か私は二人の母を恐れているようだった。

薄れていきそうなほど憔悴《しょうすい》しきった意識を、赤ん坊の空気を震わせるような泣き声が引き留めた。赤ん坊の泣き声がこんなに小さいなんて、知らなかった。もっともっと、大きな声で泣いて親を困らせるんだろうと思っていた。目の前の赤ん坊は、守ってやらなければとこっちを慌《あわ》てさせるほど、情けなく頼りない小さな声で、ふにゃあ、ふにゃあ、と短く泣いている。赤ん坊が吸引や体重測定などの処置を終えた時だった。廊下の方から声が聞こえて、すぐに戸の向こうから光が現れた。入ってきた光は看護婦に抱かれた息子を見つけて一瞬かたまり、呆《ほう》けたように口を開け、すぐに少しだけ眉間《みけん》に皺《しわ》を寄せた。看護婦に渡された息子をがちがちになった腕で抱くと、怖々《こわごわ》といった風に中を覗《のぞ》き込んで、何か一言か二言、独り言か、語りかけたのか分からないけれど口にしたようだった。抱きながらこっちに来た光は、一刻も早くその壊れ物を安全な場所に落ち着かせたいようで、私の枕元《まくらもと》に赤ん坊を置くと、安心したように私たち二人の脇にかがみ込んだ。

「あ、お父さんにそっくり」

点滴を調節してくれている助産師さんが、光を見て突き抜けるような明るい声で言った。そうですか？　と恥ずかしそうな彼に、いつもさばさばした態度で健診をしてくれた先生は、腕組みをして「さすが、若いからあっという間でしたよ。二十代の内にあと二人はいけますね」と満足そうに言った。赤ん坊は、可愛《かわい》い。エイリアンでも猿でもなかった。頭も尖《とが》っていないし、顔はむくんでいるけれど、もう既に人として可愛い顔をしている。ふにゃ、ふにゃあ、小さな声、ふるふると動く小さな手、まだあまり見えていないのであろう、虚《うつ》ろな目。赤ん坊はそれでも、私が今まで感じた事のない存在感を強烈に放ち続けている。

「大丈夫だった？」

私の体験した一部始終を考えると、彼の言葉はひどく間抜けなものに聞こえたけれど、彼らしい言葉だと思って、笑みがこぼれた。

「すごかったよ」

「良かったよ、無事で」

頷《うなず》いて赤ん坊の頭をなでると、胎脂が指についた。私のお腹にいた子。私の一部だったこの子。独立した我が子。見つめていると一瞬、赤ん坊に乗り移ったようになって、私はこの世に生まれ出る日というものが、私たちにとっての死ぬ日と同じように、彼にとって恐ろしい日だったに違いないと感じた。そしてその恐怖心を少しでも和らげようと、彼を抱き寄せた。

大粒の涙を流しながら、その事実を隠そうとするかのように、タオルに顔を押しつける。もう既にぐちゃぐちゃに濡《ぬ》れているタオルの中で、自分の顔が取り返しのつかないほど蒸れて赤く腫《は》れ、ブスになっているのが分かって、自分の顔がもう取り返しのつかないところまできていると思う事によって、相乗効果で涙がどんどん止まらなくなっていく。

初めての夜間母子同室で、消灯の時間が過ぎてから、一度看護婦さんが母乳マッサージに来てくれただけで、それ以降はずっと二人きりだった。赤ん坊は目を覚ますと母乳を欲しがって泣き、まだうまく乳腺《にゅうせん》が開いていない乳を嫌がって泣き喚《わめ》き、疲れ果てるとまた眠り始める。眠くて頭がくらくらしている中、赤ん坊の聞いているだけで可哀想《かわいそう》でたまらない泣き声を耳にしながら、抱っこをして歩き回って、頭を撫《な》で体をさすり、大丈夫大丈夫泣かないで泣かないでと、自分に言い聞かせるようにして呟いた。二度目に赤ん坊が寝付いた後だった。唐突に全てが悲しくて悲しくて仕方なくなって、ただ訳も分からず私は呆然《ぼうぜん》と涙を流し始めた。悲しくて悲しくて仕方なくて、自分が何故《なぜ》こんなに泣いているのか分からない事への不安、自分に何が起こっているのか分からない事への不安、激しい悲しみ、自分がどうなっていくのか分からなくて、こんなに激しい感情の変化は今までに感じた事がなくて、どうしよう私はどこかおかしくなってしまったんじゃないかと思いながら、涙を流しながら、それでも赤ん坊を起こしてしまわないように、電話を我慢して光にメールを入れた。「ねえ悲しい。どうしたらいい？　早く光の所に行きたいよ」送信後ほんの数分で、携帯は震えた。良かった起きてたんだと思いながら光からのメールを開く。「俺も早く会いたいよ。どうしたの？　眠れない？」「眠れない。今日、夜間母子同室なの。何かすごく寂しいの。会いたいよ」「明日は朝一で行くよ。赤ん坊は元気？」「今寝てるよ。ねえ今すぐ会いたい」「大丈夫寝たらすぐだよ」「光は起きてたの？」「メールで起きた」「ごめん」「いいよ。でももう眠い。寝ちゃいそう」「いいよ寝て。明日絶対に来てね」「絶対行く。おやすみ」。

メールを終えて悟った。この悲しみは、決して光が埋められるものではないのだと。私が求めていた助けは、このメールのやり取りで、一切得られなかったと。ではそれを誰に求める事が出来るだろうと思って、すぐにそんな人はこの世に存在しないのだと分かった。携帯を閉じたら、薄暗い部屋の中にすっかり一人きりのような気がして、すぐそこで今にも息が止まってしまいそうなほど小さな寝息をたてている赤ん坊がいるのにも拘《かか》わらず、これまでに感じた事のない孤独を感じて、胸を掻《か》きむしるようにして体を折って泣きじゃくった。窒息死してもいいと思いながら顔にタオルを押し当てて、声を殺して泣き喚いた。廊下まで聞こえたら恥ずかしい。この世に産み落とされて間もない子どもが母親の泣き声で起きるなんて、これ以上ない悲劇だ。顔に触れると、ふやふやな感触が走る。ああどんどん顔が駄目になっていく。明日も友達が面会に来る予定なのに。もう化粧でカバー出来る域を超えているに違いない。鏡を見るのも怖い。出産をしてから三日、一度もこの病室から出ていない。出ても良いのかもしれないけど、他の産婦さんたちに会うのが嫌だったし、看護婦さんに会うのも何となく嫌だった。ただでさえ面会の人たちや、母乳マッサージや食事、掃除やオムツや沐浴《もくよく》のレクチャーでひっきりなしに人が出入りしていて、もう疲れていた。でも今は、とにかく一瞬でもいいからこの部屋から出たいという気持ちが先にあった。今、一歩だけでもこの病院から出られたとしたら、私は赤ん坊をここに置いて光と暮らすマンションへ帰ってしまうかもしれない。そして何事もなかったように、妊娠前と同じように暮らしたい。外に出たい。ここから出たい。乾燥した病室の中に、ただ一つの願いが浮かぶ。浮遊して浮遊して、いくつも浮遊して、そんな気持ちの蔓延《まんえん》した部屋にいる赤ん坊が可哀想だった。赤ん坊が可愛い。これ以上になく。この子を失ったら、私はもう生きていけないだろう。この子が大事だ。この子だけが唯一無二《ゆいいつむに》だと思った。もしかしたら私も、光も、この世に生きている全《すべ》ての人々が、母親にとって唯一無二の存在なのかもしれない。この世に生きる全ての六郎。それは、唯一無二の存在を持った者が六郎になるという意味なんだろうか。すやすやと眠る赤ん坊を見つめて、その愛《いと》おしさに狂い出しそうになる。この子が起きて、その目で私を見つめた瞬間、私は狂い出すだろう。私は、この子の小さな目に見つめられながら、ずっと狂ったまま生きていくのだろう。そして、いつか私もこの子に六郎と呼ばれ、捨てられるのかもしれない。私は、妊娠して初めて人として、完全体で存在していた。妊娠前の娘であった私も、母となった今の私も本当は不完全で、息子をお腹《なか》に抱えていたあの十月十日が、完全な私だった。この、欠けてしまった大切な部分を、私は光で埋めようとしているのかもしれない。一度知ってしまった完全体を忘れられず、本当は光に求めてはいけないものを求めているのかもしれない。これまでずっと、光の理解出来ない部分を憎んでいた。その部分を見せまいとする光に怒りがあった。そこに触れたいと願う気持ちと、触れたら死んでしまうかもしれないという恐怖があった。でもその部分が、今はもう怖くない。私が、光のその部分に傷つけられる事はない！　数時間後、光に会った時私は、初めて同じ世界に生きる光を見つめる事が出来るのかもしれない。混乱したまま本当かどうか分からない事を考えながら、再び泣き始めた赤ん坊の頬に手を当て、体を撫でる。豆腐のようにキメすらないようなつるんとした頬。骨張って今にも折れてしまいそうに細い体。オムツを替えると、乳首を口に含ませた。授乳は、子どもと切り離された悲しみが少しずつ緩和されていくよう、母たちへ与えられた救いなのだろうか。私たちが完全に切り離されるのはいつだろう。一人で歩き始めた時、断乳した時、学校に入学した時、いや、彼らが自ら私たちを拒絶した時からだ。私から出てしまった私を胸に抱いて、泣いている赤ん坊を悲しみの淵《ふち》から救うように見せかけて、孤独を悲しみ、妊娠前の私とも妊娠中の私とも変わってしまった新しい自分を慰める。

私はこれから強くなるだろう。赤ん坊を抱きながら、白んできた空をカーテン越しに見つめた。顔をしかめて悲しげな顔で小さな泣き声をあげる赤ん坊を、一定のリズムをつけて揺さぶる。得たもの失ったもの、感謝するもの拒絶するもの、暖かいもの冷たいもの。全てが一緒くたになって、乱雑な気持ちのまま腕の中の小さな顔を覗き込み、薄く開いた目をじっと見つめる。ふらふらと焦点の合わない瞳《ひとみ》は、しばらくしてじっと、光の当たる私で止まった。窓に向かったまま私たちは見つめ合い、その小さな手に私の指を摑《つか》ませた。

須磨

すま

島田雅彦

原典のあらすじ

朧月夜《おぼろづきよ》との密会により弘徽殿大后《こきでんのおおきさき》の怒りをまねき、官位を剥奪《はくだつ》された源氏は須磨に退去することにした。藤壺《ふじつぼ》や東宮、左大臣家の人々と別れを惜しみ、朧月夜とも密《ひそ》かに手紙を交わす。家のことは紫の上に託し、源氏は都を離れる。わびしい須磨暮らしの慰めといえば、都の人々と文を交わすことだけだった。年明けに三位《さんみ》の中将（以前の頭の中将）が源氏のもとを訪れ、二人はしみじみと語りあった。三月上巳《じょうし》の日、祓《はら》えのさなか突然の暴風雨に襲われる。海の竜王が自分を見込んだのかと恐ろしく、源氏は須磨での暮らしに堪えられそうもないと思う。

世間は冷たく、情勢は不利になるばかりだ。平静を装《よそお》ってみても、逆風は強い。須磨はあの在原行平《ありわらのゆきひら》も住んだところだが、今はひなびて、漁師の家もまばらだと聞く。人の目が気になる場所は避けたい。といって都から遠く離れるのも気がかりだ。自分でもこんなに悩むとは思わなかった。

過去や未来のことを考えても、思い浮かぶのは悲しいことばかり。鬱陶《うっとう》しい世間からいざ離れようとしても、捨てがたいものだらけだ。日を追うごとに妻は嘆きを増すので、気の毒で見ていられない。どこを彷徨《さまよ》っていても、また会える。そう思いはするものの、ほんの二日会わずにいるだけで、自分も妻も心細くなってしまう。今度の旅に期限はない。これを最後に離れ離れになってしまうかもしれない。移ろいやすい世でもあるし、これがあの世への旅路の門出になりかねない。そう思うと、寂しさは募り、いっそ妻も連れて行ってしまおうとさえ思う。しかし、相手をしてくれるのは波風だけという寂しい海岸は、妻には全く似つかわしくないし、嘆く妻に源氏自身の気も滅入る。妻は「どんなに旅が辛《つら》くても、ご一緒できれば」とほのめかし、置いていかれるのを恨めしく思っている。

もうほとんど通わなくなったが、あの花散里《はなちるさと》も沈みがちの、気の毒な暮らしをしている。源氏の情にすがって、日々を過ごしているのだから、無理もない。

源氏が気まぐれに遊びに通ったところでも、人知れず心乱されている女が多かった。今は出家した藤壺も、自分が不利な立場に追い込まれるのを用心しつつも、たびたび源氏を見舞ってくれた。もっと早く自分の求愛に応《こた》えてくれていたら、と源氏は思い、彼女のために未練を引きずるのが悔しかった。

三月二十日過ぎに都を離れた。誰にも告げず、側近の七、八人をお供にして、ひっそりと出かけた。女たちには手紙で密かに別れを告げた。いつまでも自分を忘れさすまいと切々と綴《つづ》った手紙だから、読みがいもあっただろうが、作者はうっかり内容を聞きそびれてしまった。

出発二、三日前、源氏は夜に紛れて前《さき》の左大臣の家へ行った。女が乗っているように下簾《したすだれ》を垂らした粗末な網代車《あじろぐるま》に乗って。夢の中の一場面のようだった。昔住んでいた部屋は源氏の目に寂しく荒《すさ》んでいるような気がした。息子の乳母《めのと》や、前妻の侍女たちなど、今も残っている人たちが、源氏の突然の訪問を珍しがって集まって来た。逆境の源氏を見て、事情がよくわかっていない若い女房たちまでもらい泣きしていた。可愛《かわい》い息子がじゃれながら駆け寄って来た。

――久しぶりなのに父さんを忘れなかったんだね。えらいね。

源氏は息子を膝《ひざ》の上に乗せ、涙をこらえていた。

左大臣がこちらに会いに来た。

――お暇な折に伺って、他愛もない昔話なぞしたかったんですが、具合が悪く、登庁もせず、私事にかまけていると噂《うわさ》されておりました。今では位を返上し、世に憚《はばか》る身ではなくなりました。それでも揚げ足取りばかりの今のご時世、なかなか人の目がうるさくて。あなたの悲運を拝見して、なまじ長生きするから、こんな世の末を見る羽目になると思っています。天地をさかさまにしてもあり得ない話です。何もかもいやになりました。

左大臣はそういって、しおれていた。

――あれもこれも前世の報いでしょう。煎《せん》じつめれば、身から出た錆《さび》。私のように官位を剥奪されないまでも、ちょっとした罪に関《かか》わった場合でも、謹慎している者が普段通りに暮らすこと自体、重罪と見なす国もあるようですから、私などは遠くに追放して当然ということでしょう。このまま都にいれば、何らかの処罰を受けることになるでしょう。自分に恥じず、素知らぬ顔で都に留まるのも憚られるし、これ以上の屈辱を味わう前に、自分から遠方へ移ったほうがいいと思いました。

などと、源氏はこまごま語った。左大臣は昔話に、先帝がどれだけ源氏を愛しておいでになったか、といい、涙をおさえる直衣《のうし》の袖《そで》から顔を離すことができなかった。源氏も我ことながらもらい泣きしていた。息子は無心に祖父と父のあいだを行ったり来たりして、二人に甘えているのが、愛《いと》おしかった。

――亡《な》くなった娘のことを、どうにも忘れることができず、悲しんでいましたが、今度の件で、もしあれが生きていたなら、どれほど嘆いたか。早くに亡くなり、この悪夢を見ずに済んだと思うと、慰めになります。あんなに小さいのが、こんな年寄りたちの元に残り、父君と長い月日、離れ離れに暮らさなければならないのが不憫《ふびん》で、何よりも悲しうございます。昔は罪を犯した者も、これほどの扱いは受けなかったでしょう。運命と見るほかありませんね。異国の朝廷にも同じような例はたくさんあるでしょう。しかし、何かをいい出す者があって、事件となるもので、どう考えても、今回の処罰は思い当たる節がないのです。

左大臣はつらつらと語った。中将も来て、酒を酌《く》み交わすうちに夜もふけたので、源氏は泊まってゆくことにした。女房たちも集めて話を続けたが、源氏の密かなお気に入りの中納言《ちゅうなごん》の君が、言葉にならない悲しみを抱えている様子を見て、源氏は切なかった。皆が寝静まったあと、源氏は中納言を呼んで語らいを続けた。実は源氏の目当てはそれだった。

翌朝、まだ暗いうちに源氏は帰ろうとした。明け方の月は美しく、花咲く木が盛りを過ぎて、わずかな若葉の緑蔭《りょくいん》が落ちる白い庭に、淡く霧がかかり、そこはかとない霞《かすみ》をまとった様子は、秋の夜の風情《ふぜい》に勝る。隅の欄干によりかかり、源氏はしばらく庭をながめていた。中納言の君は見送ろうと、妻戸を開けて、控えていた。

——また会えるかどうか。難しいな。こうなるとは知らず、いつでも逢《あ》えると呑気《のんき》に構えてしまった。

源氏はそういったが、中納言の君は何もいわずにすすり泣いていた。

若君の乳母の宰相の君が使いになって、大宮からの伝言を述べた。

——お目にかかって挨拶《あいさつ》したかったのですが、心乱れて、どうにもなりませんでした。こんな夜更《よふ》けにお出かけになるなんて、悲しいです。寂しがっている人が目覚めるまでお待ちになれませんか。

聞いていて源氏は、泣きながら、

亡き妻を送った鳥部山の煙に似た海人《あま》の塩焼きの煙を見に、須磨の浦に行く。これを返事の歌ともなく残した。

——夜明け前の別れはなぜこんなに悲しいのだろうか。あなた方も経験があるでしょう。

——別れはいつでも悲しいですが、今朝の別れほど悲しいものはありません。

宰相の君の鼻声は言葉どおり悲しく響いた。

——ぜひ話しておきたいこともあったのですが、悲しみに心閉ざされておりますことをお察しください。寝ている人を起こしたら、私の旅立ちを躊躇《ちゅうちょ》させることになりますから、心を鬼にしてこのまま参ります。

源氏は大宮へ挨拶を返した。帰って行く源氏の姿を女房たちはのぞいていた。沈みかけの月が明るさを増す中、優雅な身なりで、途方にくれながら出て行く源氏を見れば、虎も狼《おおかみ》も泣かずにはいられまい。子どもの頃から源氏と馴染《なじ》んできた人たちだけに、落ちた境遇を悲しく思った。源氏の歌への大宮の返歌は……

亡き人との別れも遠い記憶の彼方《かなた》に消える。同じ煙でも娘が上った都の煙ではないのだから。

過去の死別の涙に、新たな悲しみが加わり、源氏が去ったあとも左大臣家は不吉なほどにすすり泣きで満たされた。

源氏が二条の院へ帰ると、ここでも女房たちはまどろみもせず、あちこちに群れてあさましい世を嘆いていた。源氏について行く侍臣たちは出発の準備のためか、家族たちとの別れを惜しんでいるのか、詰め所には誰もいない。それ以外の者も咎《とが》められるのを恐れて、誰も来ない。以前は門前に所狭しと集まっていた馬や車は影も形もない。人生とはこんなものだ、と源氏は思い知った。食卓も使う人が減り、半分は塵《ちり》が積もり、畳は所々裏返してあった。自分がいるうちからして、こうだ。まして去ったあとの家はどれだけ荒《すさ》むだろうか？

西の対へ行くと、格子《こうし》を宵のままおろさず、妻は眺め明かしたようだ。縁側の所々に寝ていた童女《わらわめ》たちが、この時刻にやっと起き出して、夜着のままで行き交うのも微笑《ほほえ》ましかったが、気弱になっている源氏は、何年か留守をしていれば、みんな辛抱しきれずに散り散りになってしまうだろうと、いつもは気にならないことばかり考えてしまうのだった。

――昨夜《ゆうべ》はいろいろあって、遅くなったから、泊まってきたよ。ほかの女のところにいると思ったかい？　都にいられるのもあとわずかだから、君といっしょに過ごしたいが、いよいよ遠くへ行くとなると、あれこれ気にかかって、放ったらかしにもできない。いつ誰が亡くなるかしれない。冷たい男だと思われたまま、死なれても困るので。

——あなたがこんな目に遭うのが悔しいだけ。

妻がほかの誰よりも思い詰めているのはもっともだ。妻の父である兵部卿《ひょうぶきょう》の宮は娘には冷淡で、端《はな》から手もとで育てる気はなかった。今では噂を気にして、便りも寄越さず、源氏を見舞いもしない。娘はそれを恥じて、父は何も知らないままでいた方がかえってよかったと悔やんでいた。継母はある人にこんなことをいったそうだ。

——あの子が玉の輿《こし》に乗ったと思ったのも束《つか》の間《ま》、縁起でもない、大事に思ってくれる人と別れてばかりじゃない。

それを内々の事情をよく知っている人から聞いて、妻は情けなく恨めしかった。源氏のほかには誰一人頼ることもできない紫の上は孤立無援だった。

——いつまでも許しが得られなければ、山中に君を迎える。でも、今そうすれば、人聞きが悪いから、遠慮している。公《おおやけ》に謹慎の身の者は明るい日や月の下に出ることも許されないんだ。気ままに暮らすことだって罪を重ねることになる。私は罪など犯していないが、前世の因縁でこんな目に遭っている。それに愛妻を連れて配所へ行ったりすれば、道理の通らない世の中だから、私を迫害する口実を与えるようなものだ。

源氏はそういうと、昼頃まで寝室にいたが、そのうち帥《そち》の宮が来て、中将も来邸した。面会に臨んで直衣に着替えたが、「無位の人間だから」と、当時着ていた無地の直衣にした。その地味な感じが映えた。髪を掻《か》くために鏡台に向かうと、少し痩《や》せた顔が我ながら清らかに思われた。

——すっかり衰えてしまった。影のように痩せているのが哀れだな。

源氏がそういうと、妻は涙をひとつ浮かべて鏡を覗《のぞ》き込む。

——私がさすらいの身になっても、影になって君がいつも見る鏡の中にいる。

源氏が耐え難い思いで呟《つぶや》くと、妻はこう応えた。

——影だけでもとどまってくれるなら、鏡を見てもなぐさめになるのに。

柱に隠れ、涙を紛らしている妻の優雅な美しさはやはり格別だ、と源氏は思った。親王と中将は身にしみる話をし、暮れ方に帰った。

花散里が心細がって、始終手紙をよこす。もっともなことだ。もう一度逢いに行ってやらねば、薄情と思われるだろう。今夜もまた家を空けるのは気が進まなかったが、何となく夜がふけるのを待っていた。「人並みに扱ってくださり、ここまでも別れを告げにお寄りくださいましたとは」などといって喜んだ女たちのことなどは省く。頼る者のない姉妹は源氏の情にすがって過ごしてきたので、今後、ここでの暮らしは荒れてゆくだろう。おぼろな月がさしてきて、広い池のほとりの築山の茂みなどを見渡しながら、須磨の浦の寂しさを想像した。

西座敷にいる花散里は、出発直前になってはもう源氏も来てくれないと悲観していたが、胸にしみる月の光の中を、源氏がこちらへ向かってくるのを知って、膝を折ったまま静かに出迎えた。そのまま二人は並んで月を眺め、語り合ううちに明け方近くなった。

――夜が短いね。こんなふうに一緒にいられるのはこれっきりかもしれない。こんな騒ぎに巻き込まれる前に漫然と過ごし、無沙汰《ぶさた》をしたことが悔やまれる。過去にも未来にもこんな奴《やつ》がいたという不名誉な前例を作ってしまったが、それよりもっと君と一緒にいる時間を作ればよかった。

過ぎたことを源氏がいい出したが、鶏も鳴き始めたし、そろそろ人目を忍んで、ここからも出て行かねばならない。いつも月が隠れる時間になると、源氏は去ってゆく。それを思い出し、悲しかった。月の光は花散里の袖の上にさし、「宿る月さへ濡《ぬ》るる顔なる」という歌を思い出した。

――月影の宿る袖は狭くても、見飽きぬ光をとめてみたいものです。

こういって、しょげる花散里を慰めるつもりで、源氏は歌を返しながらいった。

——空を巡りながら、澄んでゆく月がしばし曇っても、案じなさるな。そのうちまた晴れて、光を見ることもできるから。考えれば、落ち込むだけだ。行く末を案じる思いが心を暗くするんだよ。

源氏はそういい残すと、明け切らぬ暗いうちに帰って行った。

源氏は身辺整理を始め、旅支度にかかった。源氏に誠意を尽くし、時勢に媚《こ》びなかった人たちだけを選び、留守中の事務の担当を上から下まで決めておいた。お供に連れてゆく者はさらに選りすぐった。山里の住処《すみか》に持って行く荷物は必要最小限だ。飾りけのない質素な物を選び、書籍、詩集などを入れた箱と琴《きん》を一つだけ携えて行くことにした。もろもろの家具や派手な衣装は控え、隠遁者《いんとんしゃ》に徹しようと思った。今まで仕えていた男女をはじめ、家のこと万端を妻に任せ、私領の荘園、牧場、そのほか領地の証文もすべて妻に預けていくことにした。また倉庫や金庫なども、しっかり者の妻の乳母《めのと》を筆頭に、何人かの使用人たちに財産管理の手助けをするよう計らった。これまで東の対の屋敷の女房として源氏に仕えていた愛人たちは、源氏のつれなさを恨みながらも、そばで暮らせるだけで幸せと思っていた。今後は何を楽しみにお勤めすればいいのかと悩む彼女たちにはこう告げた。

——長生きして、また帰ってくるかもしれない私を待とうという人は妻のいる西の対にお仕えしなさい。

源氏は上から下まですべての女房を西の対に集めた。若君の乳母たちへも、また花散里へも風流な贈り物はもとより、暮らし向きのことまで細やかに気を配った。

源氏は朧月夜の元へもこっそり別れの手紙を送った。

お見舞い下さらないのも無理はありませんが、世を儚《はかな》み、都を去るにあたり、たとえようのない寂しさや辛さを感じております。

流されの身となるきっかけは、逢瀬《おうせ》のない涙の川に沈んでしまったせいでしょうか。

こうまで人を愛してしまった罪だけは救われようもありません。

盗み見される不安もあり、細かには書けなかった。手紙を読んだ朧月夜の尚侍《ないしのかみ》は胸がいっぱいになり、袖では涙を抑えきれなかった。

私は涙川に浮ぶ泡のごとく消えてしまうでしょう。別れてのちの逢瀬も待たずに。

泣く泣く乱れ書いただろう筆跡さえも美しかった。この人と最後に会えないまま別れるのは口惜しかったが、反省すべき点もあった。この人の縁者こそ今回の陰謀の立役者だ。微妙な彼女の立場を察し、無理強いはできなかった。

出立の前夜、源氏は亡き父の墓参りに北山へ向かった。有明の月の出る頃だったので、源氏はまず藤壺にお暇乞《いとまご》いに行った。御簾《みす》の前に源氏の座が設けられ、彼女自身が応対してくれた。彼女は東宮のことが気がかりな様子だった。互いに深く考える者同士の別れの言葉には、すがすがしい悲しみがあった。懐《なつ》かしくも美しい彼女の佇《たたず》まいは昔と変わらない。今までのつれないあしらいに恨み言のひとつもいってみたかったが、尼となった今では、源氏の恨み言も疎《うと》ましく感じるだろうし、自分でも口に出したら、取り乱してしまうだろうから、控えた。

――思いもよらぬ罪に問われても、思い当たる罪は一つだけです。その罪に対する天罰を恐れております。私はどうなっても、東宮が無事に即位してくれさえすれば、と思っております。

それは心からの告白だった。彼女もわかっていることであったから、源氏のこの言葉に心を痛めつつ、黙っていた。さまざまな思いが交錯し、涙をこぼす源氏の姿はあくまでも優雅だった。

――これから御陵へ参りますが、お伝えすることはありませんか？

源氏がたずねたが、藤壺はひたすらに気持ちを鎮《しず》めようとしている様子だった。

もう陛下はなく、あるのは悲しい身の上のあなた。尼になったかいもなく、この世の終わりを嘆き暮らしています。

藤壺は悲しみが余って、胸に迫るあれこれを一首の歌には盛り込めなかった。源氏はこう返した。

陛下と別れた時に悲しみは味わい尽くしたはずなのに、この世の憂《う》れいはさらに深まります。

有明の月の出を待ち、源氏は御陵へ向かった。お供は五、六人、下の侍も親しい者だけにし、馬で出かけた。今さらのことだが、ありし日の源氏の外出とは較《くら》べようもない寂しさだ。家来たちも皆悲しんでいた。斎院の禊《みそぎ》の日に大将の仮の随身として従った蔵人《くろうど》は、上がるはずの位階もそのままで、役場を除籍され、官位も奪われ、面目もないので、須磨に向かう一行に加わっていた。この男が下賀茂《しもがも》神社を見渡せるところに来ると、ありし日の光景が目に浮かんだか、馬からおりると源氏の馬の轡《くつわ》を取って歌った。

あなたのお供をして、葵《あおい》をかざしてお参りしたその神のご加護もなく、恨めしく思います。

この男もさぞ悲しいのだろう。その頃は誰よりも威勢よく、華のある青年だったのだ。それを思うと源氏も心苦しかった。自身も馬からおり、賀茂の社を拝し、お暇乞いした。

住みづらい都を今から離れます。残る噂《うわさ》の是非は糺《ただす》の森の神に任せて。

源氏の歌は感動しやすい青年の心にジワリと染みたようだ。

父君の御陵の前で、源氏は今のことのように昔を思い出し、御在位中のことが瞼《まぶた》の裏に浮かび上がってくる気がした。かの父君の御代も遠く過ぎ去り、愛する息子の前に現れてくれないのは悲しい。源氏は涙ながらに訴えたが、返答のあろうはずもない。自分に残してくれた数々の遺言はもう忘れられてしまったのか？　何もかもが悲しい源氏だった。墓のある場所には背の高い雑草が茂り、分け入れば、全身が露に濡れる。月は雲の中、森は暗く、鬱蒼《うっそう》としている。このまま父君のいる世界の方へ行ってしまいたい気がした。一心に拝んでいると、昔と変わらないお姿が見えた。寒気を覚えるほどくっきりとした幻だった。

亡き父は流されの身の息子をどう見ているだろう。父を偲《しの》んで眺める月も雲に隠れてしまった。

明け方、源氏は二条院へ戻り、東宮へも暇乞いの挨拶《あいさつ》をした。藤壺は自分の代わりに王命婦《おうみょうぶ》を宮のそばに仕えさせていたので、そちらの部屋へ手紙を持たせてやった。

いよいよ本日、都を発《た》ちます。もう一度伺って、お顔を拝さぬは、何にも増しての悲しみです。何とぞ胸中をお察しくださり、よろしく宮へお伝えください。

いつかまた春の都の花を見るだろうか？　時節に見捨てられた山人の身で。

この手紙は、ほとんど花の散った桜の枝につけてあった。命婦は源氏の出立を告げ、東宮に手紙をお目にかけると、幼年ではあるが、真剣に読んでいた。

——お返事はどうしましょう。

——ちょっと逢わないでいるだけでも、ぼくは寂しいのに、遠くへ行ってしまったら、どんなに苦しくなるだろう、と書いて。

と東宮はいう。なんていたいけなのかしらと命婦は感心して宮をながめていた。難しい恋に夢中だったありし日の源氏、その折々の姿を命婦は思い出し、あの恋がなかったら、お二人にこんな気苦労をさせずに済んだと思うと、自分に非があるような気がして心苦しかった。

何と申し上げたらいいものやら。心細そうな様子を拝見し、とても悲しんでいます。

そう書いたあと、悲しみに取り乱してよくわからなくなった。

咲いたと思えば散る桜は悲しいですが、行く春はまた巡ってきます。花の都にお帰り下さい。

時が来たら、必ず。

こうも書いて出したが、その後、他の女房たちとともに悲しい話をし続け、東宮御所はむせび泣きに沈んだ。一目でも源氏を見た者は、不幸な旅立ちの悲しみを惜しまない。まして源氏が日頃、通ったところでは、女中、掃除婦など下働きの女たちまでもが源氏の慈愛を受けていて、たとえ悪夢はすぐに終わるとしても、しばらくは源氏の姿を見られないのを嘆いていた。世間では誰一人、この度の処置を順当と認める者はいない。七歳の頃から夜も昼も父帝のそばにいて、源氏のいうことは何でも聞き届けられ、誰もが源氏の尽力の恩恵に与《あずか》っている。そこには源氏に感謝しない者などいない。高官にも中堅どころにもそんな人は多く、下の者となれば、無数だ。彼らは恩を忘れたわけではないが、情勢をはばかって、今の源氏に好意を示しづらいのだ。世間は騒々しく、源氏を惜しみ、陰で政府をそしる者、恨む者はあるが、自分を捨ててまで源氏に同情しても、何になろうかと思ったりする。恨みを抱くのは潔《いさぎよ》くないと源氏は思いながらも、つい恨んでしまう人も多くて、面白くなかった。

その日は終日、夫人と語り合い、例によって明け方に源氏は出かけようとした。狩《かり》衣《ぎぬ》の軽装だった。

——月が出てきたようだ。もう少し端まで出て来て、見送ってくれないか。須磨では話したいことが積もってしょうがないだろうな。一日二日よそにいるだけでも話がたまり過ぎて苦しいのに。

そういって、御簾を巻き上げ、縁側近くに妻を誘うと、泣き沈んでいた妻はためらいながら進んだ。月の光の当たる場所に妻は座った。自分が旅の最中に死んでしまったら、彼女はどうなってしまうかなと思うと、残して行くのが気がかりだったが、そんなことばかり考えると、いっそう彼女を悲しませることになる。

——生き別れということもあるのに、命ある限り君と添い遂げたいなんていってしまった。軽率だったな。

そういって、悲痛な心の底は見せまいとした。すると、妻はこういった。

——少しも惜しくないこの命に代えても、しばしこの別れを引き留めたい気持ちです。

本当にそう思っているのだろうなと思うと、発つに発てない源氏だったが、夜が明けてから家を出るのは見苦しいと思い、あえて発った。

道すがら、妻の面影が目に浮かび、源氏は悲しみに塞《ふさ》ぎ込んだまま船に乗った。日の長い時期だったし、追い風も吹き、午後四時ごろには須磨に着いた。近くへ行くにも船旅をしたことのない源氏の不安と好奇心は、どちらも並大抵ではなかった。大江殿というところは荒《すさ》んでいて、松だけが昔の名残をとどめていた。

唐国に名を残した人よりも、私は行方も知れぬ侘《わ》び住まいをするのだろうな。

源氏は独り言をいった。渚《なぎさ》へ寄せる波がすぐにまた返すのをながめながら、「うらやましくも」と口ずさんだ。業平《なりひら》の古歌だが、感傷に浸る人々はこの歌に心を打たれた。来た方を見ると山が遠く霞《かす》み、「三千里の外の旅」を歌い、「櫂《かい》の雫《しずく》に泣く」詩の境地にいる気がした。

都は山の霞に隔てられ見えないが、都の人も同じ空を眺めているのだろうな。

何もかもが胸に迫った。隠栖《いんせい》の場所は行平が「藻塩垂れつつ侘《わ》ぶと答へよ」と歌ったところに近く、海岸からやや入ったあたりで、きわめて寂しい山の中だ。めぐらせてある垣根も見馴《みな》れないもので、茅葺《かやぶ》きの家に葦《あし》葺きの渡り廊下が続く風流な造りになっていた。場所柄にふさわしい風変わりな趣も、こういう機会でなければ、面白がれただろうに。源氏は昔の忍び歩きを思い出していた。近辺の荘園の預かり人らを呼び出して、あれこれ仕事を命じた。良清も側近として、けなげに源氏の指図を受けるのだった。わずかのあいだに、見栄《みば》えがするようになった。庭の小川を深くさせたり、木を植えさせたりして、心を落ち着かせてみると、夢を見ている気分だった。摂津守《せっつのかみ》も以前から源氏と親しかった男で、密《ひそ》かに好意の籠《こも》った世話をしていた。そうしたわけで、流されの家も人の出入りが多いのだが、まともな話し相手はおらず、異国にいるようで、気分は晴れず、どうやって日々をやり過ごそうか、先が思いやられた。

住居がようやく整う頃には、もう梅雨の季節になっていて、京のことがしきりに思い出された。恋しい人は多く、悲しみに沈んでいた妻、東宮のこと、無心に元気よく遊んでいた若君らを思って悲しんでいた。源氏は京へ使いを出すことにした。妻宛《あ》てと藤壺宛ての手紙は、涙に目がくらみ、うまく書けなかった。藤壺にはこう書いた。

尼のあなたはいかがお過ごしですか？ 私はといえば須磨の浦で涙に濡《ぬ》れております。

いつと限らず、嘆き暮らしていますが、近頃は過去未来を思い、涙ばかりが勝ります。

朧月夜へは、例によって恋のとりなしをした中納言の君への私信の形で出した。その中へ入れた手紙にはこう書いた。

つれづれと、過ぎ去った昔が思い出されるにつけ、性懲《しょうこ》りもなく、またあなたに会いたくなってしまいます。塩焼く海人《あま》はどう思うでしょう。

さまざまに書き尽くした言葉は多かった。左大臣へも書き、若君の乳母の宰相《さいしょう》の君へも育児についての注意を書き送った。

京では須磨の使いが届けた手紙に心乱れる人ばかりだった。紫の上は別れたその日から寝たきりで、尽きせぬ悲しみに沈み、女房たちもなだめかねて、苦しい思いをしていた。源氏が日頃、使っていた手道具、弾いていた琴、脱ぎ捨てた服の匂《にお》いに触れたりして、すでに夫は故人となってしまったかのように嘆く。それは縁起でもないので、少納言は北山の僧都《そうず》に祈禱《きとう》を頼んだ。僧都は二つの祈願をした。夫人の嘆きを静め、そして、幸福な日がまた二人に巡ってくるよう、切々と仏に祈った。夫人は夏の夜着類をしつらえ、須磨へ送ることにした。無位無官の人が着る絹の直衣《のうし》、指貫《さしぬき》が仕立てられていくのを見て、かつて思いも寄らなかった悲哀を感じた。「君がいつも見る鏡の中にいる」といった夫の面影は言葉通りに目から離れないが、しょせん夫はそこにいないのだから、どうにもならなかった。源氏が出入りした戸口、もたれていた柱を見ても、悲しみが染《し》みた。

物事を違った角度から眺められる経験豊かな年配者であっても、堪《こら》え切れないだろう。まして、誰よりも睦《むつ》まじく暮らし、ある時は父や母にもなり、育ててもくれた人と引き離された紫の上が、源氏を恋しく思うのは当然だ。死別したならば、諦《あきら》めもつき、忘れ草も生えるが、須磨はけっして遠くないのに、いつ帰るとも知れず、夫を思うほどに悲しくなる。

藤壺も、東宮のために源氏が逆境に陥ったことを悲しんでいるのはいうまでもない。

前世からの因縁を思っても、宮の嘆きは浅いはずもない。今まではただ世間の噂が気になり、少しでも優しい素振りを見せれば、誰かが見咎《みとが》めるのではないかと恐れ、揺れる心を抑える一方にして、源氏の思いを見て見ぬふりをし、冷たくあしらっていたので、うるさい世間に波風を立たせずに済んだ。一途《いちず》な恋に走らず、思いは心に秘めてきた。そのせいか尼となった今こそ源氏を恋しく思うのだった。返事も以前より心を込めた。

この頃はいっそう、涙に濡れるのを仕事にして、尼の私も嘆きを重ねております。

朧月夜の返事はごく短かった。

浦に塩を炊《た》く海女《あま》さえ忍ぶ恋をするのですから、人目を憚《はばか》り、燻《くすぶ》る私の煙は晴らしようがありません。

今さらいうまでもないことは筆には致しません。

中納言の君は悲しむ朧月夜の哀れな思いを伝えた。愛《いと》しく思い出す節もあって、源氏はすすり泣いた。

紫の上の手紙は特にこまやかな気配りをした源氏の手紙の返事だったので、身に染みることが多く書かれていた。

あなたの涙にぬれた袖《そで》と較べてみてください。波路隔てた私の夜の衣を。

使いに託した夜着や衣服類には趣味のよさが見えた。妻が何事にも巧みになったことがうれしかった。今はほかに通う女もなく、妻と静かに添い暮せるようになっていたことを思うと、残念だった。夜も昼も妻の面影がちらついて、堪え切れないほど恋しい。やはり彼女だけはこっそり須磨へ迎えようという気になったが、思い直した。左かくも辛い世に罪を少しでも軽くしようと思えば、精進を重ねなければならない。大臣からの返事には、若君のことがいろいろと書かれてあり、心が揺れたが、いずれまた会えるだろう。頼もしい祖父母もついているし、気がかりに思うまでもない。子を思い煩《わずら》う気持ちより、妻を思う煩悩《ぼんのう》の闇《やみ》の方が深いものだろうか。

ところで、都落ちの混乱の中で、つい書き洩《も》らしてしまったが、伊勢の六条御息所《みやすどころ》へも源氏は使いを出した。先方からも、わざわざ使者が参上した。浅からぬ心情を綴《つづ》った手紙で、筆跡も優雅で、教養が滲《にじ》み出ていた。

とても現実とは受け止めがたい御《ご》隠栖《いんせい》の件、承りました。いつまでも覚めない悪夢を見ている気分です。なお幾年もあなたが隠栖の身に置かれることはなかろうと思いますが、自身の罪深さを鑑《かんが》みるに、再会は当分先のことになるやもしれません。

鬱鬱と暮らす伊勢の海女を思いやってください。涙に濡れる須磨の浦から。

何かと乱れる世の中はこの先どうなりますやら。

手紙にはそうあった。

伊勢島の干潟に暮らす私は、何のかいもない身です。

しみじみと、あとからあとへと思いを綴り、白い唐紙四、五枚を巻き続け、墨付きの陰影も美しかった。愛した人なのに、その人の業《ごう》の深さについつい辟易《へきえき》したばかりに、御息所は自分から去って行ってしまったのだ。そう思うと、源氏は今も心苦しく、申し訳ない思いでいっぱいだった。そんな折に情の細やかな手紙が来たので、使者までも懐《なつ》かしく思い、二、三日留めおき、伊勢の話などをしてもらった。若く、たしなみのある侍だった。閑居ゆえか、身分の低い侍とも源氏は間近に接したので、侍は感激の涙を流していた。源氏が返事にどれだけ心を込めたかは想像されるだろう。

都を去る運命とわかっていたら、変わらずお慕いしたものを。徒然《つれづれ》に心細いものです。

こんな憂《う》き目を見なければ、伊勢人の波の上を漕《こ》ぐ小船に乗っていたのに。

海女の嘆きに涙を流し、いつまで須磨の浦を眺めていることでしょうか。

いつ再びお目にかかれるものかと思って、毎日泣き暮らしています。

などと書いた。このように、誰に対しても繊細な手紙のやり取りをし、返事をもらう喜びに自身を慰める源氏だった。花散里も悲しい思いを書き送って来た。恋人からの手紙はどれも味があり、源氏を慰めるばかりか、物思いを誘う種ともなった。

花散里はこう書いてきた。

荒れた軒の下の忍ぶ草を眺めつつ、悲しみの露が袖を濡らしております。

本当に高く茂った雑草のほかに後見をする者のない身の上なのだな、と源氏は思いやった。長雨に土塀がところどころ崩れた、とも書いてあったので、京の家司《けいし》に命じ、近くの荘園から人夫を呼び、修理をさせた。

朧月夜があざ笑いの的にされ、深く傷ついているのを見て、右大臣は可愛《かわい》い娘を憐《あわ》れに思い、熱心に弘徽殿の大后にも朱雀帝《すざくてい》にも取りなしをお願いした。尚侍は、帝と床をともにする御息所とは違って、公式の官職であることを斟酌《しんしゃく》し、また誘惑した源氏を憎んで、参内禁止の処置を取ったので、源氏が身を引いた今となっては、朧月夜を許してもよいということになった。再び宮中へ出入りすることになっても、朧月夜は源氏を恋しく思うのだった。七月になって、宮中に上がった。特別な寵愛《ちょうあい》は変わらず、帝《みかど》は人の譏《そし》りも気にせず、以前のようにお側《そば》に置き、恨み言をいったかと思えば、契《ちぎ》りを交わしたりした。帝は容貌《ようぼう》も優美だった。しかし、朧月夜が今もなお源氏を恋しがっているというのは、恐れ多いことだ。管弦の遊びのついでに、帝は彼女に告げた。

——あの人がいないと、実に寂しいね。私だってそう思うのだから、それ以上に寂しがる人は多いだろうね。何か光がなくなったような気がするな。

さらに帝は涙ぐみながら、こうもいった。

——源氏のことを頼むといわれた先帝の御遺言にそむいてしまった。この罪は重いな。

それを聞いて、朧月夜も泣かずにいられなかった。

——この世というのは、こうして生きていても、味気ないものだという気がするよ。あまり長生きするものじゃないね。もし、私が死んだら、あなたはどう思うかな？旅に出た人との別れ以上に悲しんでくれなかったら、悔しいな。生きている限り愛し合おう、などと人はよくいうよ。

帝は優しい口調でいう。真情あふれる様子に、朧月夜はほろほろ涙をこぼした。

——ほらごらん。誰のための涙かな？

帝はいう。

——今まであなたに子どもができないのが寂しい。先帝のお言葉どおりに東宮を気遣っているのだが、いろいろ不都合が生じて、気の毒だ。

意に沿わぬ政治を行なう者がいるが、若さゆえ強くは出られず、煩悶《はんもん》が絶えない。

須磨には物思いに誘う秋風が吹く。海は少し遠いが、「須磨の関も越えるほどの秋の波が立つ」と行平が歌った波音が、夜にはとても近くに聞こえ、堪えがたく寂しい。それがこの土地の秋だった。居間に人はおらず、皆眠っている中、一人源氏だけが目を覚まし、枕《まくら》を立てて、四方の風の音を聞いていると、枕元まで波が押し寄せて来るような気がした。落ちる涙に枕も浮きそうになっていた。琴を少しばかり弾いてみたが、我ながら寂しく聞こえるので、やめ、こう歌った。

恋しさに耐えられず、泣く声と聞き紛う浦波の音は、都から吹く風のせいか？

歌を詠《よ》む声にそこにいた連中は目をさまし、何とはなしに起き出して、一人また一人と鼻をかんだ。

この連中も心底、悲しんでいるのだなあ、と源氏が思いやった。自分一人のために、親兄弟と離れ、大事な家を捨て、さすらいに身をやつす彼らが不憫《ふびん》だった。自分が塞いだりしていては、いっそう彼らを心細くさせることになるだろう。昼間は何だかんだ冗談をいい合って、退屈しのぎに色々の紙を継ぎ、手習いをしたり、珍しい唐の織物などに絵を描いたりした。その絵を屏風《びょうぶ》に仕立てると、なかなかよかった。都にいた頃、家来たちが語って聞かせてくれた海山の風景を思い出しながら、筆の及ばない磯《いそ》の佇《たたず》まいなどを巧みに描き出してみせた。

——当代の名人といわれる千枝《ちえだ》とか、常則《つねのり》などを呼び寄せて、彩色を施してもらえたらな。

人々は口々に残念がった。優雅な源氏に仕えることを嬉《うれ》しく思い、常時、四、五人が控えていた。

前庭の花が咲き乱れる夕暮れ時、海の見える廊下に出て、佇んでいる源氏はぞっとするほど美しく、場所が場所だけにこの世のものとは思えないほどだった。柔らかい白の綾《あや》に薄紫を重ね、色細やかな直衣に帯を緩く締めた姿で、「釈迦牟尼仏弟子《しやかむにぶつ》」と名乗り、静かに経を唱える声もまた優雅だった。

沖では何艘《そう》かの船が大声で舟歌を歌いながら、漕ぎ出していた。遠目に小鳥が浮いているようにしか見えない船がいかにも心細げで、上空を飛ぶ雁《かり》の声が櫓《ろ》の音にそっくりだった。涙を拭《ぬぐ》う源氏の手には黒檀《こくたん》の数珠《じゆず》が映え、故郷の女を恋しがる男たちの心を和ませた。

初雁は恋しい人の仲間なのか、旅の空を渡る声が悲しく聞こえる。

源氏がいうと、良清は応《こた》える。

次々と昔のことが思い出されます。雁は旧知の友というわけではありませんが。

惟光《これみつ》が歌う。

進んで常世を捨てて鳴く雁など、自分には縁のないものとばかり思っていました。

今度は右近が歌う。

常世《とこよ》を出て泣く雁も仲間と一緒なら、慰められましょう。友とはぐれたら、さぞ寂しいでしょうね。

この右近は、常陸介《ひたちのすけ》になった親の任地へも行かず、源氏のお供をしている。悩んでいる素振りも見せず、元気よく屈託なく過ごしている。

月が華やかにさし出て、今夜が中秋の十五夜であることに源氏は気づき、宮廷の音楽が懐かしく、女たちもどこかでこの月を眺めていると思い、月の顔ばかり見つめていた。「二千里の外《ほか》故人の心」と源氏が吟じると、みなほろりとしながら聞いていた。藤壺が「霧が隔てる」といった去年の秋が恋しく、また折々の恋人への思い出に心が動き、たまらず泣き出した。

「もう夜も更《ふ》けました」と促しても、源氏は寝室に入ろうとはしなかった。

月を見ているあいだは慰められるのだ。都で眺める日はずっと先だろうが。

あの夜、帝が打ち解けて昔話をいろいろしたが、その様子が亡《な》き先帝によく似ていたことを源氏は懐かしく思い出していた。「恩賜《おんし》の御衣《ぎょい》は今ここにあり」と口ずさみながら源氏は居間へはいった。菅公《かんこう》の詩の通り、恩賜の御衣《おんぞ》もいつもそばに置いている。

帝への懐かしさと辛さはそれぞれ右と左の袖を交互に濡らす。

その頃、大宰府《だざいふ》の次官が上って来た。大きな勢力を持ち、一族の者は多く、また娘にも恵まれた次官だったから、女たちだけで船旅をさせた。そして行く先々で陸を歩く男たちと船の一行が合流し、名所見物をしながら、都を目指したが、どこよりも風光明媚《めいび》な須磨の浦に源氏の大将が隠栖していると聞き、年頃のお洒落《しゃれ》な娘たちは、誰が見るわけでもないのに、船中でめかし込んだりしていた。その中にかつての源氏の恋人五節《ごせち》の君がいて、須磨を素通りするのを口惜しく思っていた。琴の音が風に乗ってかすかに聞こえて来た時、土地のうら寂しさ、薄幸の貴人、音楽の物悲しさ、もろもろ合わせ、情を知る者は皆泣いた。次官は源氏に挨拶《あいさつ》を出した。

——遠い田舎から上ってまいりまして、都に着いたら、まずは伺候《しこう》しまして、都のお話などお聞かせ願えればと思っておりましたが、思いがけない事態で御隠栖とは。素通りするはもったいなく、悲しうございました。親戚《しんせき》や旧知の者、親しい者などが、都から出迎えに来ておりまして、それらの者がうるそうございますから、お目にかかることは叶《かな》いませんが、また改めて伺わせていただきます。

息子の筑前守《ちくぜんのかみ》が使いに来て、そう伝えてきた。源氏に蔵人《くろうど》に引き立てられた男は悲しみながらも、人目をはばかり、長居もできなかった。源氏はねぎらいの言葉を掛けた。

——都を離れてからは、親しかった人々となかなか逢《あ》えずにいた。こうしてわざわざ立ち寄ってくれてありがとう。

次官への返答も同様だった。筑前守は泣く泣く帰り、源氏の住居の様子などを報告すると、次官をはじめ、都からの迎えの人たちも縁起でもなく、泣いた。五節の君はこっそり別の使者を出し、源氏へ手紙を送った。

琴の音に引き止められている私の、綱手縄のように揺れる心をあなたはご存知ですか？

差し出がましい私をどうかお咎《とが》めにならずに。

そう書かれてあるのを、源氏は微笑《ほほえ》みながら、眺め、きまり悪そうにしていた。

心残りに綱が揺れるのなら、須磨の浦をなぜ素通りしていかれるのですか？

漁師になって、綱を引くことになろうとは思いもしませんでしたよ。

明石《あかし》の宿場の長に詩を残していった菅公のように源氏が思われて、五節の君は親兄弟に別れてもここに残りたいとさえ思った。

都では月日が過ぎるにつれ、帝を初め、源氏を懐かしむ声が高まった。東宮は常に源氏を恋しがり、人の見ぬ時には泣いているのを、乳母たちは哀れに思っていた。王命婦はとりわけ深い同情を寄せていた。藤壺は東宮の身に由々しき事態が起きないか、心配だった。源氏も流されの身であることを心細く思っていた。源氏の弟の宮たちほか、親しかった高官たちは初めのうちは便りを送っていた。心にしみる詩歌を作り交わし、源氏の作が礼賛されるのも大后は面白くなかった。

——公《おおやけ》の罰を受けた人は、気ままに日々の食事を取ることさえままならないものなのに、風流な家を構え、世の中を非難し、鹿《しか》を馬だという人に追従する者がいる。

そんなよからぬ噂《うわさ》も耳に入ってくるので、関《かか》わり合うのはごめんだ、と彼らは便りも寄越さなくなった。

二条の院の紫の上は時の経過とともに、悲しみを深めていった。東の対にいた女房もこちらへ移った当初は、どれほどの女性か、とたかをくくっていたが、そばに仕え、馴《な》れるにつれ、優しく、美しいうえ、細やかな気配りをし、温かく接してくれるので、誰一人暇《いとま》を乞《こ》う者もない。紫の上は良家の女房たちにはきさくに顔を見せていた。誰よりも源氏の寵愛が深いのも当然と女房たちは納得した。

須磨では紫の上との別居生活に我慢できないと、源氏は思っていたが、運命に翻弄《ほんろう》されたあげくの侘《わ》び住まいに妻を迎えるのも気の毒だと思い直すのだった。こんな田舎なので、万事、都とは違って、今まで見慣れない下々の者たちの暮らしを間近に見ている自分を、憐れんだりしていた。近くでよく煙が立つのを、これが海人の塩を焼く煙か、と源氏は思っていたが、それは山荘の裏山で柴《しば》を焚《た》く煙だった。

柴を焚く山暮しの自分にも、しばしば恋しい都暮らしの人の便りを送ってほしいものだ。

冬になり、雪の降り荒れる頃、心細く空をながめながら源氏は思いのままに琴を弾いていた。良清に歌を歌わせて、惟光には笛を吹かせ、合奏した。心を込め、源氏が物悲しい曲を弾き出したので、他の二人は手を止めて、琴の音に涙を流していた。昔、胡《こ》の国に遣わした女を思いやって、琵琶《びわ》を弾いた漢帝の心情はどんなだったろう。今、愛する妻を遠くにやってしまうとしたら、と源氏は想像し、本当にそうなってしまう気がして、悲しくなった。源氏は「霜の後の夢」と口ずさんだ。月がとても明るく差し込み、旅先の仮の宿は奥までよく見えた。夜ふけの空が床の上にあった。入りかけの月が白いのを見て、「ただこれ西に行くなり」と源氏は独り言を呟《つぶや》いた。

この先、自分はどこをさすらうのだろう。月に見られる自分が恥しい。

いつものように眠れず、暁を迎えると、千鳥がわびしく鳴いた。

友千鳥が声を合わせて鳴く暁は、一人目覚めている自分も心強い。

まだ誰も起きてこないので、何度も独り言を呟いていた。まだ暗いうちに手水《ちょうず》を済ませ、念仏を唱えているのが侍臣たちには新鮮だった。この源氏から離れようという気は起きず、誰も都の家に出かけようともしない。

明石の浦へは気軽に行けるので、良清は明石の入道の娘を思い出し、手紙を書いたが、彼女からの返事はなかった。代わりに父親の入道から「相談したいことがあるから、ちょっと来てほしい」といって来た。なまじ関わっても、どうせ求婚には応じてくれないのはわかりきっている。断られ、すごすご帰ってくる後姿を笑われるだけだ。良清は意気阻喪《そそう》して、出かける気になれない。

播磨《はりま》の国では偉いのは長官の一族だけと思っているようだが、人知れず高望みをしている変わり者の入道はそうとも思わず、娘への求婚者を退けてきた。彼は源氏が須磨に隠栖をしていることを聞いて妻にいった。

——桐壺《きりつぼ》の更衣《こうい》が腹を痛めた光源氏の君が、お咎めを受け、須磨に来ている。娘の宿縁で思いがけぬことがあるとお告げが出ている。何とかこの機会に源氏の君に娘を差し上げたいと思う。

――ああ、そんなとんでもない。都の人がいうには、あの方は高貴な奥方を何人も持っていて、その上こっそり陛下の側室を寝取って、世間を騒がした人ですよ。なぜその方がこんなみすぼらしい田舎娘に目をかけたりしますか。

そう妻がいうと、入道は腹を立てて、いった。

――おまえには口を出させないよ。私には考えがあるのだ。そのつもりでいなさい。機会を作り、明石に源氏の君をお迎えするのだ。

確信を持っていうところに、頑固な性格がうかがわれた。この入道、娘のためにまぶしいほどに家を飾り立てていた。

――めでたいこととはいえ、どうして結婚の門出に、罪を問われて流されている方を婿《むこ》にしようなどと思いますか。ご寵愛くだされば、結構ですが、冗談にもそんなことはないでしょう。

妻がいうと、入道はぶつくさ文句をいっている。

――唐の国でもここでも、何事にも抜きん出ている方は、罪を着せられることを避けて通ることはできない。源氏の君を誰だと思っているのだ。亡き母は私の叔父だった按察使大納言《あぜちだいなごん》の娘なのだぞ。才能あふれる女性で、宮仕えに出すと帝王の寵愛が一身に集まり、他人の嫉妬《しっと》を買って、早くに亡くなられたが、源氏の君が残っているのはせめてもの幸いだ。女は理想を高く持つべきだ。父親の私が田舎者だからといって、娘を見捨てたりはすまい。

娘は容貌《ようぼう》が際立《きわだ》っているわけではないが、優しく品があり、たしなみなどは貴族の娘にも劣らない。だが、田舎者の身の程をわきまえていた。貴族の男は自分など眼中にも置かないだろう、かといって身分相応の男と結婚しようとは思わない、長生きし、両親に死に別れたら、尼になるか、海に身を投げよう、そのくらいの信念を持っていた。入道はご大層にも、年に二度、娘を住吉神社に参詣《さんけい》させ、人知れず霊験《れいげん》を期待していた。

須磨は年が明け、春の日長になり、手持無沙汰《ぶさた》な時間も長くなり、去年植えた若木の桜もちらほら咲き始めた。うららかな空の景色にもあれこれ思い出され、源氏は目を潤《うる》ませることも多かった。二月二十日過ぎ、去年、京を出た時に、いたわしく思った人たちの様子が知りたくなった。南殿《なでん》の桜は盛りだろう。七年前の花の宴の日の桐壺帝、艶《えん》な東宮時代の兄の姿が思い出され、自分が作った歌を吟じたことなども懐《なつ》かしく思い出された。

いつとはなしに都の人が懐かしいが、今日はいつにも増して桜をかざして遊んだ日が恋しい。

と源氏は歌った。

源氏が漫然と日々を暮らしていると、須磨の侘び住まいに、今は宰相となった中将が訪ねて来た。人柄もよく、人望もあるのだが、彼自身は今の社会の風潮に馴染《なじ》めず、折につけ、源氏が恋しく、よからぬ噂が立って、罰を受けることになっても後悔すまいと決心し、にわかに須磨まで訪ねて来たのである。

一目見るなり、親友同士の二人は黙って泣いた。源氏の住まいはいわずもがな唐風で、絵に描いたように、竹を編んだ垣がめぐらされ、石段、松の柱などを用い、質素ではあるが月並みではなかった。源氏は山里の住人のように黄色がかった薄紅色の服に、青みがかった灰色の狩衣《かりぎぬ》を重ねた質素な装《よそお》いだった。あえて田舎風を装うところに洒落が利《き》いていて、見るからに源氏を引き立てている気がした。室内の用具も無造作に並べてあるだけで、寝起きする部屋も丸見えだ。碁盤、双六《すごろく》の盤、付属の道具、お弾《はじ》きなども田舎風に作られていて、数珠《じゅず》などの仏具もそのまま置いてあった。接待用の膳にも面白い地方色が見えた。

漁から戻った漁師たちが貝などを届けに寄ったので、源氏は客間に彼らを呼んだ。漁村の暮らしについて質問すると、苦しい世渡りをぼやいた。とりとめもなくさえずる話を聞けば、思いも悩みも自分たちと同じだな、と貴公子たちは彼らに同情した。

二人は彼らに衣服などを与えると、生きていたかいがあったとまでいって、喜んだ。馬を何頭か並べて、ここから見える倉や納屋《なや》から稲を取り出して食わせていたりするのを中将は珍しがっていた。飛鳥井《あすかい》の歌を二人で歌い、別れてのちの積もる話を泣き笑いとともに重ねた。「若君は何があったのか知らずに無邪気でいるのが、哀れでならない」と左大臣がしばしば嘆いていると話すと、源氏は悲しみをこらえ切れない様子だった。二人の会話をここに書き尽くすことはできない。

夜通し眠らず、二人で詩なども作ったが、世間の噂もあることだし、中将は明け方には急いで帰った。なまじ再会の喜びを味わったばかりに別れがつらかった。杯を交わしながら「酔いの悲しみに泪《なみだ》を注ぐ春杯の裏《うち》」と二人は声を合わせて歌った。お供の者も涙を流した。双方の家来同士も迫る別れを惜しんでいた。朝焼けの空を渡る雁《かり》の群れが見えた。源氏は呟いた。

都を見るのはいつの春だろう？　帰る雁が羨《うらや》ましい。

中将はなかなか出て行く気になれない。

心を残してこの地を去れば、花の都に帰る道にも迷うだろう。

と言って悲しんだ。中将は京からの土産を源氏に贈り、源氏からはかたじけない訪問のお返しにと、黒馬を贈った。

——変に思うかもしれないが、この土地に風が吹いた時に、君のそばで嘶《いなな》くようにと思ってね。

源氏はそう告げた。世に二頭といない名馬だった。

——これはオレの形見だと思ってくれ。

中将も名物の誉れ高い笛を置いて行った。互いに人目に立って問題になるようなことはしなかった。

日がすっかり昇り、帰りを急《せ》き立てられる気がして、中将は後ろを振り返りつつ座を立った。見送りに立った源氏は別れがつらそうだった。

——また逢おう。このまま永遠に君が捨て置かれるようなことはないから。

中将がいうと、源氏は答えていった。

——雲近くを飛び交う鶴《つる》よ、よく空を見てくれ。私は一点の曇りもない身だから。疾《やま》しいと思うことはないが、一度こうなると、昔の偉人でも復活の例は少ない。私はぜひまた都を見たいと願うのはやめた。

——君のいない雲井など頼りなくて、一人声を上げて泣いているのだ。ともに翅《つばさ》を並べた友を慕って。身に余るほど親しくさせてもらった。親しみ過ぎたあの頃のことを思って、後悔することが多いんだ。

中将はしんみりといい残し、帰っていった。その名残を味わいながら、源氏はまた寂しい人に戻った。

今年は三月の一日が巳《み》の日だった。

——本日ですぞ、試してみなさい。悩み事のある方は禊《みそぎ》をしなさい。

そう知ったかぶって吹聴《ふいちょう》する者がいたので、「海辺の景色も見たいことだし」と、源氏は出かけてみることにした。簡単な幕を引き巡らし、たまたまこの地を訪れている陰陽師《おんみようじ》を雇って、源氏は祓《はら》いをした。船に等身大の祓いの人形を乗せて流しているのを見て、源氏は自分の姿を見ているような気になった。

見知らぬ大海を流れ流れて、ひとかたならぬ悲しみばかり。

そう歌いながら砂浜に座る源氏は、明るい場所でも水際立っていた。

海面がうらうらと凪《な》ぎわたり、果てしない。源氏は過去未来のことを案じながら、呟く。

八百《やお》よろずの神も憐《あわ》れんでくれるだろう。自分はこれといった罪を犯したわけではないのだから。

その時、にわかに風が吹き出して空が真っ暗になった。御禊の式はまだ途中だったが、騒然となった。肱《ひじ》をかざして避けるしかない突然の雨に、あわただしく一行は浜辺から引き上げようとしたが、笠《かさ》をかざす暇《いとま》もない。不意を突くように、何もかも吹き散らす突風が吹き荒れた。波が荒々しく打ち寄せてきて、人の足は地に着かない。海面は蒲団《ふとん》を拡《ひろ》げたように光り、稲妻が空を裂いた。雷がすぐにでも落ちて来そうな気配を恐れながら、何とか家に辿《たど》り着いた。

——こんなことは初めてだ。風が吹くことはあっても、兆《きざ》しがあるものだ。珍しいこともあるもんだ。

人々の動転をよそに、雷鳴もなおやまない。雨脚の当たるところに穴が開くほどの強い雨だ。この世の終わりみたいだと皆が不安がっている中、源氏は静かに経を唱えていた。日が暮れる頃には雷は止《や》んだが、風は夜通し吹いていた。

——大願を立てた力の顕《あら》われだろう。今しばらくこの調子が続いていたら、波に引かれ、海に呑《の》み込まれていただろう。津波は突然、襲ってきて、多くの人が死ぬといわれているが、今日のはそれとも違うようだ。

そう人々は語り合っていた。

明け方、皆が寝静まり、源氏もうとうとし始めると、この世の者とも思えない人が現れて、「なぜ宮廷よりお呼びがかかっているのに、参上しないのか」と告げた。源氏は手探りをして何かを探し回っていた。夢から覚めた源氏は、海中の竜王は美しいものには目がないらしいから、この自分に目をつけたのだな、と思うと、恐ろしくてこの家にいるのが耐えられなくなった。

蛍

ほたる

日和聡子

原典のあらすじ

父親のように思っていた源氏に恋心を打ち明けられてから玉鬘《たまかずら》の悩みはひとしおだった。それなのに源氏は玉鬘に兵部卿宮《ひようぶきようのみや》からの恋文への返事を促したりする。兵部卿宮が訪れたとき、源氏は蛍を放って、玉鬘の姿を垣間見《かいまみ》させた。六条院で競射が行なわれた夜、源氏は花散里《はなちるさと》のもとに泊まる。しかし二人はもはや寝所を共にするような仲ではなかった。長雨がつづくなか、さまざまな物語に読みふける玉鬘に対して、源氏は物語とは何か大いに論じる。源氏は自分の過去に鑑《かんが》み、夕霧を紫の上に近づけないようにしていた。その夕霧は雲居雁《くもいのかり》が忘れられない一方で、彼女の乳母《めのと》に受けた屈辱にこだわっていた。

源氏の大臣《おとど》は、今はこのように太政大臣《だいじょう》という重々しいご身分で、万事につけて穏やかに、ゆったりと落ち着いたお暮らしぶりであるので、お頼み申し上げておられる方々は、それぞれに応じて、みな思うとおりの身の上に定まり、ゆるぎなく、望ましい日々を過ごしておられる。

西の対《たい》の玉鬘の姫君だけは、お気の毒なことに、思いもかけなかった煩《わずら》いが加わり、どうしたらよいものかと、思い悩んでおられるようである。

筑紫《つくし》でしつこく求婚してきたあの大夫《たいふ》の監《げん》のうとましかった様とは比べようもないとしても、まさか仮にも娘となった自分に、源氏の大臣が懸想《けそう》をなさろうとは、けっして人の思いより申すはずもないことであるので、姫君は、そのことを御自分のお胸ひとつにお悩みになっては、「尋常でなく、うとましい……」とお思い申し上げておられる。

何事も充分わきまえていらっしゃるお歳《とし》であるので、あれこれとさまざまにお考え合わせになっては、母君がお亡《な》くなりになってしまわれた無念さも、またあらためて惜しく悲しくお思いになる。

源氏の大臣も、一度その恋心をお打ち明けになってからは、心が慰むどころか、かえってくるしくお思いになるのだったが、人目を憚《はばか》られては、ちょっとしたたわいもないお言葉さえも、姫君におかけになることができずに、くるしい胸のうちをお抱えになったまま、西の対へ繁《しげ》くお渡りになっては、姫君のお側《そば》に人気がなく、あたりがひっそりとした折には、ただならぬ御様子で懸想の心をほのめかし申されるので、そのたびごとに、姫君は胸がつぶれる思いをなさりながら、しかしそうかといって、きっぱりとすげなくお断り申し上げて、源氏の大臣に気まずい思いをおさせするわけにもいかないので、ただ気づかぬふりをして、お相手申し上げなさるのだった。

姫君は、お人柄がほがらかで、親しみやすいお方でいらっしゃるので、たいそう真《ま》面目《じめ》そうに振舞い、堅くるしい雰囲気をつくって用心なさるのだったが、それでもなお美しく、愛敬《あいきょう》のあるかわいらしさばかりがこぼれるようにお見えになるので、源氏の大臣の異母弟でいらっしゃる兵部卿の宮などは、真剣に恋文をお贈り申される。思い初《そ》められてから、まだ幾ほども日を経ていないのに、もう婚姻を忌《い》む五月雨《さみだれ》の季節

になってしまったと嘆きを訴えられて、

「いま少しお側近くに上がるだけでも、おゆるしくださいましたならば。この胸の思いを、ほんの片端なりとも申し上げて、心を晴らしたいものです」

としたためて申しておられるのを、源氏の大臣がご覧になって、

「なに、構わないでしょう。この君たちが思いを寄せられるのなら、さぞかし見甲斐《みがい》があることでしょう。そっけないお扱いはなさらぬように」

とお教えになり、

「御返事はときどき差し上げなさい」

とおっしゃって、御返事の文章を教えてお書かせ申し上げられるのだが、姫君はますますいやなお気持ちになられ、気分がすぐれないといって、御返事を差し上げることはなさらない。

お仕えする女房たちも、特別に家柄がよく、里方が有力でしっかりしているという者はほとんどいない。ただ、亡き母君の御おじにあたる宰相ほどの身分であった人の娘で、気立てやたしなみなどもそう悪くはない者が、親に遅れて落ちぶれた暮らしをしていたのを見つけ出して、引き取っておられたが、その宰相の君というのが、文字などもわりとよく書き、大体において大人らしくしっかりした人であるから、玉鬘の

姫君は、しかるべき折々の御返事などをお書かせになるので、源氏の大臣はこの人をお呼び出しになり、文言などをおっしゃって、代筆をおさせになる。兵部卿の宮が、玉鬘の姫君に、どのようにお言い寄りになるのか、その様子をご覧になりたいとお思いになるのであろう。

姫君御本人は、源氏の大臣から懸想を受けるなどという、いとわしく嘆かわしい憂《うれ》いが生じてからは、この兵部卿の宮などが、情のこもったお手紙を差し上げられるときには、少しお心をとめてご覧になることもあるのだった。宮のことを、とくにどうというふうにお思いになるのではなしに、あのようにいとわしい源氏の大臣のお振舞いを、見なくてもすむ術《すべ》があるとよいのにというお気持ちからで、さすがに女らしい世慣れた分別を身につけて、そのようにもお考えになるのだった。

源氏の大臣は、関係もないのに、御自分ひとりで勝手に心をつくろいかまえて、兵部卿の宮をお待ち申し上げておられる。しかし宮はそんなことは御存知なく、姫君からの色よい御返事があったのを珍しいこととお喜びになって、たいそう忍びやかにお越しになった。

妻戸の間に御茵《おんしとね》を差し上げて、御几帳《みきちょう》だけを隔てとした、姫君のついお側近くにお通しする。源氏の大臣が、いたくお心を尽くして、空薫物《そらだきもの》を奥ゆかしく匂《にお》わせ、あれこれと姫君のお世話をやいておられるご様子は、もはや親といったものではなく、うるさいお節介人の体であるが、とはいえやはり、事の真相を知らぬ者にとっては、よくぞまあそこまでと、感心なお姿にお見えになる。宰相の君なども、姫君の御返事を宮にどうお取り次ぎ申し上げてよいかわからず、恥ずかしがってもじもじとためらっていたところを、大臣が、

「引っ込んでばかりおって」

とお抓《つね》りになるので、いよいよ致し方なく、困り果てている。

夕闇時《ゆうやみ》が過ぎて、ぼんやりとした空の模様が曇りがちなところに、しっとりとした宮の御気配も、まことに優美で艶《なま》めいている。御簾《みす》のうちからほのかに漂ってくる香を運ぶ風には、奥にそっと隠れていらっしゃる大臣の御衣《おんぞ》のいっそうかぐわしい匂いが加わるので、まことに深い薫りがあたりいっぱいに満ち、宮はかねがね思い浮かべていらしたよりも、はるかに風情《ふぜい》をたたえた玉鬘の姫君の御気配に、お心をおとめになるのだった。お口に出して、その胸の思いのほどを訴え続けておられる宮のお言葉は、たいへん大人らしく落ち着いていて、ただ一途《いちず》に色めいたふうではなく、そのお声の調子までもが、まことに格別なものである。源氏の大臣は、それをじつに風情のあることよとお思いになりながら、ほのかにお聞きになっておられた。

玉鬘の姫君は、東面《ひがしおもて》の間に引き籠《こ》もってお寝《やす》みになっていらしたが、宰相の君が宮のお言葉を取り次ぎにお側近くへにじり入るのにことづけて、源氏の大臣が、

「まったく、たいそうわずらわしいご対応ぶりですね。何事も、その場に応じて振舞うのがよいのですよ。そうむやみに子供じみたふりをなさるお歳でもないのです。この宮たちにまで、疎々《うとうと》しく人伝《ひとづて》に御返事申し上げるなど、なさってはならないことです。もし直接お声をお聞かせにならないとしても、せめてもう少しお近くにお寄りになるだけでも」

などとご忠告申されるのだが、姫君はどうしてよいかわからず、お困りになられて、しかしこうしたご注意にかこつけてでも、こちらへ入っていらっしゃりかねない源氏の大臣のご性分であるので、あれこれと戸惑い弱り切ったあげく、そっとすべり出《い》でて、母屋《おもや》の際《きわ》にある御几帳のそばに、横になられた。

何やかやと宮が長々おっしゃるお話に、姫君は御返事申し上げることもなさらず、ためらっておられるところへ、源氏の大臣が近くへお寄りになって、御几帳の帷子《かたびら》を一重お上げになると、それと同時に、さっと光るものがあった。紙燭《しそく》を差し出したのかと、姫君はびっくりなさった。

それは、蛍を、薄い帷子に、この夕方たくさん包んでおいて、光を漏らさぬよう隠

してお かれたのを、源氏の大臣が、さりげなく、そのあたりを整えつくろうようなふりをして、お放ちになったのだった。にわかにこうしてあたりがぱっと際立って光ったので、おどろいて扇をかざしてお隠しになった姫君の横顔が、たいそう美しい風情を感じさせる。

「思いもよらぬ目ざましい光が見えたら、宮もきっとお覗《のぞ》きになるだろう。姫君を私の娘とお思いになるというそれだけのお考えから、このようにまでお言い寄りになるのであろう。人柄や容姿などを、これほどまでも具《そな》えていようとは、ご想像もなされまい。実際、たいへんな好き者でいらっしゃるに違いない宮のお心を、惑わして差し上げよう」

と、源氏の大臣はそう目論《もくろ》んで、あれこれと趣向をめぐらしていらしたのだった。御自分の実の娘君であったなら、このようにまでも、もて騒いだりなどはなさらないであろうに、まったく困ったご性分なのであった。

源氏の大臣は、別の戸口から、そっと抜け出してお帰りになってしまわれた。

兵部卿の宮は、玉鬘の姫君のいらっしゃるのはあのあたりだと見当をつけていらしたが、それがもう少し近くである気配がするので、お心をときめかされて、言いようもなく美しい羅《うすもの》の帷子の隙間《すきま》からお覗きになると、一間ばかり隔てた見通しのきくところに、このように思いがけない光がほのめいているのを、なんと趣深い情景であるかとご覧になる。

まもなく女房たちがその光をまぎらわして隠してしまった。けれども、ほのかな光は、艶《えん》なる出来事の糸口になりそうにも見える。うっすらとではあるが、ほそくすらりとしたお姿で横になっておられる姫君の御容姿の美しかったのを、宮は飽かず胸に思われ、いかにも源氏の大臣の思惑どおりに、お心に深く沁《し》みたのだった。

「鳴く声も聞こえぬ虫の思ひだに人の消《け》つには消ゆるものかは

(鳴く声も聞こえない蛍の光でさえ、人が消そうとしても消えるものではありません。ましてや私の胸の恋の火が、どうして消えることがありましょうか)

おわかりくださいましたか」

と宮は申される。姫君は、このようなときの御返歌を、あれこれと思案するのもひねくれているようなので、ただすみやかにというだけを取り柄に、

声はせで身をのみこがす蛍こそいふよりまさる思ひなるらめ

（鳴く声を立てずに、ひたすら身を焦《こ》がしている蛍の方が、口に出しておっしゃる方より、はるかに深く切ない思いを抱いていることでしょう）

などと、あっさり御返事申し上げて、御自身は奥に引き込んでおしまいになったので、宮は、たいそうよそよそしいお扱いをなさる嘆かわしさを、ひどくお恨み申し上げなさる。

いかにも好色なようであるので、そのまま居続けて夜を明かすことはなさらず、軒の雫《しずく》の絶え間もないほどのつらい恋のくるしさに、雨と涙に濡《ぬ》れながら、夜もまだ暗いうちにお帰りになった。時鳥《ほととぎす》などもきっと啼《な》いたであろう。それを聞いて歌もお詠《よ》みになったことであろうが、わずらわしいのでそこまでは耳にもとめなかった。

兵部卿の宮の御容姿などの艶めかしさは、たいへんよく源氏の大臣に似申していらっしゃる、と女房たちもお褒め申し上げていた。昨夜、源氏の大臣がまるで母親のように、かいがいしく玉鬘の姫君のお世話をやいておられた御様子を、その内実を知らないで、しみじみとありがたく、もったいないことだと、皆で話し合っている。

玉鬘の姫君は、こうして表向きはさすがに親らしく振舞っておられる源氏の大臣の御様子を見るにつけても、

「これは私自らが招いた不運なのだわ。実の親などにお知りいただき、世間並みの身の上となってから、このようなお心をお受けするのなら、それほど似つかわしくないことでもないでしょうが。人並みでないこの奇妙な境遇が情けない。しまいには世間のうわさ話になってしまうのではないかしら……」

と寝ても覚めても思い悩んでおられる。そうはいうものの、本当に外聞の悪いような境遇にまで、玉鬘の姫君をおとしめてしまうようなことはすまいと、源氏の大臣は思っていらした。ただ、やはりあのような御性癖であるので、秋好中宮《あきこのむ》などのことも、まったくけがれのない清いお心ばかりでお思い申し上げておられるのではない。折に触れては、ただならぬことを申し上げて、お気を引くようなことをなさり、しかし中宮という高貴なご身分の方への、及びもつかぬ煩わしさから、お心を本気になってあらわしてお言い寄り申すことはなさらないのだが、こちらの玉鬘の姫君は、お人柄も親しみやすく、当世風でいらっしゃるので、源氏の大臣はついお気持ちをおさえがたく、ときどき、もしも人がお見かけ申したなら、きっと怪しまれるに違いないお振舞いなどをまじえながら、それでもそのたびに、めずらしくお考えなおされては、踏みとどまられるのだったから、あぶないながらも、さすがに清いお二人の御仲なのであった。

五月五日には、源氏の大臣は、花散里の君の馬場《うまば》の御殿《おとど》にお出かけになられたついでに、西の対の玉鬘の姫君のところへおいでになった。

「いかがでしたか。兵部卿の宮は夜遅くまでいらっしゃいましたか。これからはあまりそう親しくもお近づけ申すまい。厄介なところがおありになる方ですよ。人の心を傷つけたり、何かの間違いをおかさない人は、めったにいないものですからね」

などと、兵部卿の宮を近づけては遠ざけて、活《い》かしたり殺したりしながら、玉鬘の姫君に御注意をうながしておられる源氏の大臣のお姿は、どこまでも若々しく美しくお見えになる。艶も色もこぼれるばかりのうるわしい御衣に、直衣《のうし》がさりげなく重なっている色合いも、どこからどう加わったお美しさなのであろう、この世の人の染め出したものとは思われず、いつものお召物と同じ色の文目《あやめ》も、菖蒲《しょうぶ》の節句である今日はいっそう清新で、情趣深く感じられる薫香《くんこう》なども、もしもあのいとわしい心配事がなければ、きっとどんなにかすばらしいとお見受けするに違いないお姿であろうと、玉鬘の姫君はお思いになる。

兵部卿の宮からお手紙が届く。白い薄様《うすよう》の紙に、御筆跡はじつに奥ゆかしく優美にお書きになっている。見る分には見事であったのだが、こうしてそのまま書き写してみると、格別どうということもない。

今日さへや引く人もなき水隠《みがく》れに生ふる菖蒲《あやめ》のねのみなかれむ
(端午の節句の今日でさえ、引く人もなく水中で隠れて生えている菖蒲の根は、水に流れているのでしょうか。貴女《あなた》につれなくされた私は、人目に隠れて声をあげて泣かれることです)

後々の例にも引き合いに出されそうな、菖蒲の長い長い根にお手紙を結びつけておられたので、源氏の大臣は、

「今日の御返事を」

などと、姫君にすすめておいて、出ておゆきになった。女房の誰彼も、

「やはり、御返事を」

と申し上げるので、姫君はお心にどうお思いになられたものか、

「あらはれていとど浅くも見ゆるかなあやめもわかずなかれけるねの
(水の下に隠れて流れていた菖蒲の根が、水の面にあらわれてみると、いっそう

浅く見えるものです。分別もなく声をあげて泣かれるとおっしゃる貴方《あなた》のお心が、いかに浅いものかよくわかりました)

お若々しくていらっしゃいますこと」

とだけ、わずかにと書いてあるようである。筆跡に、もう少し風情があるとよいのにと、宮は風流好みのお心から、いささか物足りなくお思いになったことであろう。薬玉《くすだま》など、言いようもなく素晴らしい趣向をこらしたものが、玉鬘の姫君のもとへ、あちこちから贈られている。筑紫の田舎で侘《わ》び住まいをし、つらく悲しいご経験を重ねられた長年のご苦労など、名残もとどめぬ今のお暮らしぶりであって、姫君はくつろいだお気持ちになられることも多くなったので、

「同じことなら、源氏の大臣のお心やお名を、少しも傷つけたりすることなくすませたいものだわ……」

と、どうしてお思いにならないはずがあるであろう。

源氏の大臣は、東の花散里の君のもとにもお立ち寄りになって、

「夕霧の中将が、今日の左近衛府《さこんえふ》の競射《きょうしゃ》の取組のついでに、男どもを引き連れてこちらへ来るようなことを言っていましたから、そのおつもりでいらしてください。まだ

明るいうちにやって来そうですよ。どうしてか、ここでは内々にひっそりおこなうつもりの催し事も、この親王《みこ》方が聞きつけて、訪ねておいでになるのですから、自然と仰々しくなるのですよ。ご準備なさってください」

などと申される。馬場の御殿は、こちらの廊から見通せるくらいの、さほど遠くないところにある。

「若い方々、渡殿《わたどの》の戸を開けて見物なさい。左近衛府には、たいへんすぐれた官人が、この頃は多いのですよ。なまなかな殿上人にはひけをとるまい」

とおっしゃるので、女房たちは、今日の見物を、とても楽しみにしている。

西の対の玉鬘の姫君の方からも、女童《めのわらわ》などが見物にやって来た。廊の戸口に御簾を青々と懸けわたし、当世風の裾濃《すそご》の御几帳《みきちょう》を幾つも立て並べてあるところを、女童や下仕えの女たちが行き来している。

菖蒲襲《しょうぶがさね》の衵《あこめ》に、二藍《ふたあい》の羅《うすもの》の汗衫《かざみ》を着た女童は、西の対の者であるらしい。感じよく物馴《ものな》れた者ばかりが四人、そして下仕えは、楝《おうち》の裾濃の裳《も》に、撫子《なでしこ》の若葉の色をした唐衣《からぎぬ》姿など、いずれも今日の端午の節句にちなんだ装《よそお》いである。

こちらの花散里の君の方の女童は、濃い単衣襲《ひとえがさね》に、撫子襲の汗衫などを着て、おおらかに、しかし互いにそれぞれ競い顔で振舞っているのは、見ものである。若々しい殿上人などは、早速女房たちに目をつけては、色めき立っている。

未《ひつじ》の刻——午後二時ごろに、馬場の御殿に源氏の大臣がおいでになり、仰《おお》せのとおり、親王方がお集まりになった。

競技も、宮中での行事とは趣が異なり、近衛府の中将や少将たちが連れ立って参上して、風変わりな趣向を凝らして、はなやかに賑々《にぎにぎ》しく、日が暮れるまで遊んで時をお過ごしになる。女には、何のことやらさっぱりわからぬ競技であったが、舎人《とねり》たちまでが、この上なく華麗な装束を身につけ、懸命に巧みな秘術を尽くして勝負するさまを見るのは、じつにおもしろいことであった。

馬場は、紫の上がお住まいの南の町まで通してはるばる続いているので、あちらでも、こうした若い女房たちは見物したのだった。

打毬楽《たぎゆうらく》・落蹲《らくそん》などの舞楽を奏して、勝敗の決まるたびに上がる乱声《らんじよう》などのにぎやかな騒ぎも、夜になってしまうと、何もかもすっかり見えなくなってしまった。

舎人たちが、それぞれ勝敗に応じて禄《ろく》を品々賜る。たいそう夜が更《ふ》けて、人々はみな解散なさった。

源氏の大臣は、その夜、花散里の君の御殿にお泊まりになった。女君《めぎみ》とお話をなさって、

「兵部卿の宮は、人よりは格段に優れていらっしゃるね。御器量などはそれほどでもないが、お心ばせや、物腰などに風情《ふぜい》があって、人を惹《ひ》きつける優しい魅力があるお方だ。貴女《あなた》もそっとご覧になりましたか。立派だという評判ですが、やはりあともうひとつというところでしょうね」

とおっしゃる。花散里の君は、

「御弟君でいらっしゃいますのに、ずっとお年上にお見えでした。これまで長年、こうした折には欠かさずこちらへお越しになって睦《むつ》まじくしていらっしゃると伺っておりますが、昔、宮中あたりでちらとお見かけ申し上げてからは、お目にかかっておりません。ほんとうに、御器量などがお年とともにいっそう御立派になられていましたこと。帥《そち》の親王は、お美しくていらっしゃるようですが、お人柄が少し劣って、親王というより諸王くらいの品格でいらっしゃいました」

とおっしゃるので、源氏の大臣は、ほんの一目ですぐによく見抜いてしまわれたな、とお思いになられたが、ただ微笑《ほほえ》んで、そのほかの人々については、よいとも悪いともお口にはなさらない。人のことについて難をつけて、あしざまなことを言う人を、困ったものとお考えになるので、髭黒《ひげくろ》の右大将などをさえ、世間では奥ゆかしい人物だと評価しているのを、

「どれほどのことがあろうか、もしもこの人を玉鬘の姫君の婿《むこ》として身内付き合いをするとしたら、きっと物足りないことだろう」

とお考えになるのだが、言葉にしてはおっしゃらない。

お二人は、今はただ通り一遍の睦まじさというばかりで、御寝床なども、別々にしてお寝《やす》みになる。どうしていつからこのように遠ざかりはじめてしまったのか、と大臣はつらくお思いになる。花散里の君は、大体において、何やかやともお恨み言も申されず、年頃ずっと、このような折節につけてのさまざまな御遊びなども、いつも人伝《ひとづて》に見聞きなさるのであったが、今日はめったにない催しがこちらで行われたということだけで、御自分の町にとっての輝かしい名誉であるとお思いになっている。

その駒《こま》もすさめぬ草と名にたてる汀《みぎわ》のあやめ今日や引きつる

(馬でさえ食べない草という評判の水際《みずぎわ》の菖蒲のような私ですが、今日は菖蒲の節句なので、お引き立てくださったのでしょうか)

とおおらかに申し上げられる。何というほどのお歌でもないが、源氏の大臣は、胸にしみじみと沁みるようないじらしさをお感じになった。

鳰鳥《におどり》にかげを並ぶる若駒はいつかあやめに引きわかるべき
(雌雄並んではなれない鳰鳥のように、貴女と影を並べる若駒の私は、いつ菖蒲のあなたと別れることがあるだろうか)

何とも遠慮のないお二人のお歌であることだ。

「朝夕いつもご一緒しているというわけでもないけれども、こうしてお逢《あ》いできますと、心が安らぐことですよ」

と、源氏の大臣は戯《ざ》れ言《ごと》をおっしゃるが、花散里の君が、おっとりとしていらっしゃるお人柄なので、ついしんみりとした口調になって、お話し申される。花散里の君は、御自分の御帳台《みちょうだい》を、大臣にお譲り申し上げなさって、御几帳を間に引き隔ててお寝みになる。大臣のお側《そば》に共寝するなどということは、とても似つかわしくないことと、諦《あきら》めきっていらっしゃるので、源氏の大臣も、無理にお誘い申し上げることもなさらない。

長雨が例年よりもひどく続いて、空も心も晴れる間がなく所在ないので、御方々は、絵物語などを慰みにして、日夜を明かし暮らしておられる。大堰にお住まいの明石の御方は、そうした絵物語にも趣向をこらしたお仕立てをなさって、今は紫の上のもとでお育ちになっている明石の姫君に差し上げなさる。

西の対の玉鬘の姫君は、田舎での長い侘び住まいで、物語に触れる機会もなかったため、いっそうめずらしくお思いになる事柄なので、明け暮れせっせと物語を書き写したり読んだりなさって、夢中になって精を出しておられる。これらのことを得意とする若い女房たちが、こちらには大勢いる。さまざまに、数奇な人の身の上などを、誠か嘘《うそ》か、書き集めてある中にも、自分のような身の上のものはなかったと、玉鬘の姫君はご覧になる。住吉物語の姫君が、さまざまな運命に直面したその当時はもちろんのこと、今の世での評判も、やはり格別のようであるが、主計《かぞえ》の頭《かみ》が、もう少しのところで姫君を盗み取ろうとしてきわめてあやうかったとかいう話を、玉鬘の姫君は、あの大夫の監がおそろしかった自らの経験に、思いなずらえていらっしゃる。

源氏の大臣は、こちらにもあちらにもこうした絵物語が散らかっていて、御目につくので、

「まあ、難儀なことですね。女というものは、面倒がらずに、わざわざすすんで人にだまされようと生まれついているものらしい。これらたくさんの絵物語の中には、ほ

んとうの話はいたって少ないでしょうに。一方ではそれをよくよく承知していながら、このようなあてにもならぬたわいもない話に心を奪われ、だまされておしまいになって、暑苦しい五月雨《さみだれ》時に、髪の乱れるのもかまわないで、書き写していらっしゃるのですね」

と、お笑いになるのだが、また、

「このような昔の物語でもなければ、確かにどうにも紛らわしようのないこの所在なさを、慰める術《すべ》もないでしょうね。それにしても、これらの作り話の中にも、なるほど、そんなこともあろうかと、しみじみとした趣を見せ、もっともらしく書き連ねてあるものなどは、どうせたわいもない作り話と知りながら、わけもなく心が動いて、可憐《かれん》な姫君などが物思いに沈んでいるのを見ると、わずかながらも心が惹かれるものですよ。また、そんなことはまったくあり得ないことだと思いながらも、おどろおどろしい書きぶりをしているところでは思わず目を奪われたりして、落ち着いてあらためて聞いてみると、何だつまらぬことをと癪《しゃく》に障《さわ》るのだけれど、ふと感心するような見事なところが、ありありと書かれていることなどもあるでしょう。このごろ、幼い明石の姫君が、女房などにときどき読ませているのをちょっと聞きますと、『話の上《う》手《ま》い者が世間にはいるものだなあ。こういった物語は、ありもせぬ作り事を巧みに言かねい慣れた口ぶりから出るのだろう』と思えるけれども、そんなこともないのでしょうかね」

とおっしゃると、玉鬘の姫君は、

「ほんとうに。嘘を言い慣れた人は、さまざまにそのようにもお酌《く》み取りになるのでしょう。私などには、ただもうほんとうのことばかり思われるのでございますが」

といって、それまでお使いになっていた硯《すずり》を脇《わき》へ押し遣《や》られるので、

「これはぶしつけにも、物語をわるく申し上げてしまいましたね。物語というものは、神代よりこの世に起きた出来事を、書き記しておかれたものだそうです。日本紀などは、ただそれのほんの片端にすぎないのですよ。むしろこれら物語の中にこそ、道理にかなった、詳しいことが書いてあるのでしょう」

といって、お笑いになる。

「物語は、誰それの身の上といって、ありのままに書きあらわすということはなく、よいことも悪いことも、世に生きる人の有様の、見るにも見飽きず、聞くにも聞き捨てにできないようなこと、後の世にも言い伝えさせたいと思う事々を、心ひとつにおさめがたくて、書きおきはじめたものなのです。作中人物を、よいふうに書こうとしては、よいところの限りを選び出して書き、読者の求めに添おうとしては、また悪い

さまの、めったにありそうもないことばかりを取り集めたものを書く。みな、善悪のいずれについても、この世のほかのことではないのですよ。異朝の物語でさえ、その作りは変わりません。同じ日本のものであっても、昔と今のとでは異なるでしょうし、内容には深い浅いの相違こそあるでしょうが、それらをただひたすらに作り話で嘘だと言い切ってしまうのも、実情に違《たが》うことになってしまいます。御仏《みほとけ》が、立派で尊い御心からお説きになっておかれたお経にも、方便ということがあって、悟りを得ていない者は、経文のここかしこに教えの違いや矛盾があるという疑いを抱くことでしょう。方等経《ほうどうきょう》の中にそういった例は多いのですが、しかし煎《せん》じ詰めれば、結局はつまりひとつの趣旨によっているので、菩《ぼ》提《だい》と煩悩《ぼんのう》との隔たりは、この、物語の中の善人と悪人の相違と同じようなものです。よく言えば、すべて何事も、無駄なものはないということになるのですね」

と、物語をたいそう格別なもののように言いなしてしまわれた。

「ところで、このような古い物語の中に、私のようにきまじめで馬鹿《ばか》正直な愚か者の物語はありますか。たいそうよそよそしい物語の姫君でも、貴女のお心のようにつれなく、そらとぼけて知らぬお顔をなさる方は、けっしていないことでしょう。さあ、それでは私たちのことを、世にも稀《まれ》な物語にして、世に伝えさせましょう」

と、近くに寄り添って申されるので、玉鬘の姫君は、襟にお顔を引き入れて、

「それでなくとも、このように珍しい間柄は、世間の噂《うわさ》の種ともなってしまいますでしょうに」

とおっしゃると、源氏の大臣は、

「珍しいことだと貴女もお思いになりますか。まったくほんとうに、貴女のように父に冷淡な娘は、ほかに並ぶものがない気がしますよ」

と言って、寄り添ってお座りになるお姿は、何ともお戯《たわむ》れになった御様子である。

「思ひあまり昔のあとを尋ぬれど親にそむける子ぞたぐひなき
(思いあまって昔の例を尋ねてみましたが、親にそむいた子というのは類がないことです)

不孝というのは、仏の道でも非常に悪いこととして説かれていますよ」

とおっしゃるのだが、玉鬘の姫君は、お顔もお上げにならないので、その御髪《おぐし》を掻《か》き遣りながら、たいそうお恨みになると、ようやくのことで、

古きあとを尋ぬれどげになかりけりこの世にかかる親の心は
(昔の例を尋ねてみましたが、やはりありませんでした。この世に娘に懸想《けそう》する
親の心などというものは)

と申し上げられると、源氏の大臣は気恥ずかしくなられて、それ以上はもう、ひどく乱れたことはなさらないのだった。こうして一体、どのようになってゆくお二人の御仲であるのだろう。


紫の上も、明石の姫君の御注文にかこつけて、物語は捨てがたいものとお思いになっている。くま野の物語が絵に描いてあるのを、

「たいそうよく書いてある絵ですこと」

といって、ご覧になる。幼い女君が、無邪気に昼寝をなさっている場面の絵を、昔の御自分の有様をお思い出しになって、見ていらっしゃる。

「このような子ども同士でさえ、なんとまあ世慣れていることとだろう。私などは、やはり後の世の例ともなりそうなくらい、のんびりとしていたことは、人と違っていましたね」

と源氏の大臣はお申し出になった。実際、類例の多くない珍しい恋のご経験を、好んでたくさん積んでいらしたことだ。

「明石の姫君の御前で、このような色恋の物語など、読み聞かせなさいますな。ひそかな恋心を抱いた物語の娘などには興味を覚えないまでも、このようなことが世の中にはあるのだと、当たり前のようにお思いになり、見慣れておしまいにでもなったら、大変なことですから」

と源氏の大臣が仰《おお》せになるのを、西の対の玉鬘の姫君がお聞きになったら、自分に対する扱いとはずいぶん分け隔てがあるではないかと、きっとお気を悪くされて、隔て心をお持ちになるに違いない。紫の上が、

「いかにも浅はかに、物語の恋模様などを人まねするのは、傍目にも見ていられないものです。宇津保《うつほ》物語の藤原の君の娘というのは、たいへん落ち着いて分別のある、しっかりした人なので、間違いはなさそうですけれども、相手に対するそっけない物言いや物腰には、女らしさがないようなので、それもやはり、同じようによろしくないことと思われます」

とおっしゃると、源氏の大臣は、

「実世界の人間も、そのようであるでしょう。ひとかどの人物らしく、みなそれぞれ

が違った自分の主義を押し通して、ほどよく振舞うということをしないのです。たしなみのある立派な親が、心を込めて育て上げた娘が、あどけなくおっとりしているのを、大切に育てたせめてもの甲斐《かい》といえるとりえとして、そのほかの点では劣っているところが多いのは、一体どんな育て方をしたものかと、親のしつけようまでが思い遣られるのも、全く気の毒なことです。しかしそうはいっても、娘が、その人にふさわしい感じであると見えるのは、育てた甲斐があるというもので、親の面目が立つことですね。まわりの者が、言葉の限りを尽くして、気恥ずかしいほど褒めちぎっていたのに、いざ娘本人がしでかす言動の中に、なるほどそのとおりと納得できるようなところがないのは、ひどく見劣りがするものです。総じて、つまらぬ人には、どうかして娘を褒めさせたくないものです」

などと、ただひたすらに、明石の姫君が非難をお受けにならないようにと、何事についてもお心を砕いて仰せになる。

継母の意地悪さを描いた昔物語も多くあるが、継母の心とはこうしたものだと見せるようなものであるから、紫の上に対して具合が悪く、おもしろくないと源氏の大臣はお考えになるので、姫君のためにきびしく選り分けては、清書させたり、絵などにもお描かせになるのだった。

源氏の大臣は、御長男の夕霧の中将の君を、こちらの紫の上のもとへはお近づけにならぬようにお扱い申されているが、明石の姫君には、それほどお遠ざけ申さずに、馴れさせておられる。

自分が世にあるうちは、どちらにしても同じことであるが、亡《な》き後のことを思い遣ると、やはり兄妹がよく見馴れ親しんで、情愛を深めているなどのことがあってこそ、将来は格別の後ろ楯《だて》にもなることだろうとお思いになって、南面の御簾《みす》のうちへ入ることを、おゆるしになっている。しかし紫の上の女房たちのいる台盤所《だいばんどころ》の中へ入ることは、おゆるしにならない。

多くはいらっしゃらない御親族であるので、源氏の大臣は、御子たちをたいそう大切にお育て申し上げておられる。夕霧の中将は、だいたいのご性質が、たいへん重々しく、実直なお方でいらっしゃるので、源氏の大臣は安心して、明石の姫君のお世話を頼み任せておられる。

夕霧の中将は、まだあどけない姫君がお雛遊《ひなあそ》びなどをなさる御様子が目に入ると、あの雲居雁《くもいのかり》の君といっしょに遊んで過ごした年月がまず思い出されるので、明石の姫君の御雛遊びのお相手をたいそうまめまめしくなさっては、その折々に、涙を流しておられるのだった。

しかるべき方々には、戯れ言をおっしゃりかけることはたびたびあるが、相手が本気で将来をあてにするようなことにはなさらない。中には、どうかして妻に迎えたい、と心のとまった人があっても、しいて冗談にしてしまって、今なお、あの雲居雁の君の乳母《めのと》から、「六位ふぜい」とさげすまれた緑の袖《そで》を、なんとか見直してもらいたいと思う心ばかりが、うち捨てておけない重大事として、念頭を離れないのだった。

ひたすら強引につきまとって取り乱したりすれば、その物狂おしさに根負けして、内大臣《うちのおとど》も雲居雁の君との仲をおゆるしくださっただろうけれども、悔しい思いをしていた折々、どうかして内大臣に理非を判断させ申し上げなくてはと、心に誓ったことが忘れられずに、雲居雁の君その人には、ひと通りでない思いの限りを尽くして見せておいて、周りの方々には、焦《じ》れた様子は一向に見せない。女君の御兄弟たちなどは、この冷静な夕霧の中将の態度を見て、小憎らしいなどとばかり、思うことが多い。

西の対の玉鬘の姫君の御有様に、内大臣の御長男の柏木《かしわぎ》の中将は、たいそう深く思い焦《こ》がれて、言い寄るための仲立ちとする女童《めのわらわ》がひどく頼りないので、夕霧の中将に泣きついてくるのだったが、

「人の恋愛沙汰《ざた》となると、非難したくなるものですよ」

とつれない返事をなさるのだった。このお二人の御関係は、昔の父大臣たちの御間

柄に似ている。

　内大臣は、御子たちが、多くの御夫人方にそれぞれたくさんいらっしゃるので、その母方の身分や御本人のお人柄などに応じて、また内大臣として何事も思いのままとなるような名声や御威勢によって、みなひとかどの地位におつかせになった。娘君は多くもいらっしゃらないのに、弘徽殿《こきでん》の女御《にょうご》も、あのように期待されていながら、秋好中宮に先を越されて立后が叶《かな》わず、雲居雁の姫君も、東宮妃にとお考えであったのが、ああして夕霧の君との恋仲によって、思いに反する有様となってしまわれたので、たいへんに悔しがっておられる。

　あの撫子の姫君のことをお忘れにならず、かつて雨夜の品定めのときにもお話に出されたことであるので、

「あの姫君はどうなったことだろう。どこかはかなく頼りなげだった母親の思いによって連れてゆかれて、かわいらしかった子が、行方知れずになってしまった。大体、女子というものは、決して決して目をはなしてはいけなかったのだ。利口ぶって、私の子だと言って、落ちぶれたみじめな姿でさまよってはいないだろうか。とにかくどのようにあるとしても、申し出てきてくれたならば……」

　と、しみじみいとおしく思い続けていらっしゃる。御子息方にも、

「もしそのような名乗りをする人があれば、注意して聞いておくように。若いころは、心のおもむくままに、ふさわしくない振舞いも多くあった中で、この子の母親は、とてもありきたりの人とは思わぬ特別な相手だったのだが、つまらないことではかなんで、姿を隠してしまったので、このように、ただでさえ少ない娘の一人を失ってしまったことが、残念でならないことだ」

といつも口に出しておられる。ひところなどは、それほどでもなく、お忘れになっていたのだが、源氏の大臣をはじめ、ほかの方々がさまざまに娘を大切に養育なさっておられる例をご覧になるにつけ、御自分はお思いの通りに叶わぬのを、ひどく情けなく、不本意にお思いになるのだった。

内大臣は夢をご覧になって、じつに巧みに夢合わせをする者をお呼びになり、占わせてごらんになると、

「長年、御存知でいらっしゃらないお子さまを、人の養子になしていて、そのことについて、お聞きになられることが出てまいるのでは」

と申し上げたので、

「女子が人の養子になることは、めったにないが。どういうことなのだろう」

などと、このごろはしきりにそのことをお思いになり、お話しにもなるようである。

柏木

かしわぎ

桐野夏生

原典のあらすじ

六条院での蹴鞠《けまり》の際、猫が御簾《みす》を引き上げたことから、柏木は女三宮の姿を垣間見《かいまみ》ることができた。想《おも》いをさらにつのらせた柏木は、小侍従の手引きにより女三宮と通じる。それ以来女三宮は体に変調をきたすが、見舞いに訪れた源氏は柏木からの手紙をみつけ、二人の関係をさとる。密通を源氏に知られ苦悩する柏木は、御賀の試楽のとき源氏に皮肉な言葉をかけられてから病に伏し、自ら死を願うものの、女三宮への想いも断ち切れない。そんなか女三宮は薫《かおる》を産むが、疑念をもつ源氏の冷たい態度に絶望し、ひそかに訪れた父朱雀院《すざくいん》の手により出家する。

「二月の雪を見て、三条の尼宮が昔語りをすること」

雪の朝は空気が澄んで、寒さに縮かみながらも、心は広やかに洗われる思いが致します。雪に陽が当たって、溶ける寸前の危うい様子、葉陰に点々と付けられた雀《すずめ》の足跡の可愛《かわい》らしさなど、生きとし生ける物が満ちている世界の豊かさを思わずにいられません。しかし、このような自然のことどもに目がいき、つくづく命を惜しむようになりましたのも、ようやく最近のことでございます。

六条院様が身罷《みまか》ってから、どのくらいの月日が経《た》ちましたでしょうか。光る君ともてはやされ、栄華を誇られた六条院様も、紫の上様がお亡《な》くなりになってからというもの、気力を失われて、日々儚《はかな》さを口に出されるようになられました。私の出家を機に、一気にご運が下がられた、と言う口さがない方もいらっしゃるようですが、根も葉もないことでございます。

今日はせっかく、亡きお母様にそっくりなあなた様がお遊びにいらしたのですから、昔のことや、亡くなられた懐《なつ》かしい方々のお話をしてみましょう。でも、この手炙《てあぶ》りしている火鉢の上で、すぐさま空に消えていく煙のようなお話でございますから、何《なに》卒《とぞ》、お心に留めてはくださいますな。

私が六条院様に降嫁《こうか》したのは、ちょうど今頃、二月十日過ぎでございましたね。あれは、父の朱雀院《すざくいん》様が、ご自分のご気力、ご体力ともに衰えをお感じになり、出家を期されたのがきっかけでございます。院は、四人の女宮の中でも、とりわけ私を可愛がってくださいましたた。母が早くに亡くなり、たった一人きりの私が不憫《ふびん》でならなかったのでございましょう。院が出家されてしまえば、私の面倒を見てくださる方がどなたもいなくなります。それで、信頼できる方に降嫁させよう、と考えられたのでございました。

私はまだ十四歳でございましたが、皇女に生まれた運命の奇妙さについては、すでにあれこれと考えておりました。ぼんやりしている、気働きがない、子供っぽい、とよく六条院様には叱《しか》られたものでございますが、皇女というものは、自分から何かをする必要はなく、常に誰かから望まれて受ける立場なのでございます。つまり、自分の色を作らず、出さず、求める人の色に染まって生きていけばいいのでございます。才覚などを出すのは、逆に不幸の種を作ります。貴族の殿方で、皇女を娶《めと》りたいと思わない方は、おられますまい。皇女を娶れば、天皇家の縁戚《えんせき》となり、世の中の見る目も変わり、位は上がっていきます。ですから、私はちやほやされて、飾り物にされるだけの立場なのでございました。

当時の六条院様は、准太上天皇《じゅんだいじょうてんのう》になられたばかりでした。それはもう、大変なご権勢とご栄華でございました。また、六条院様は女人との縁が深く、どの方もお見捨てにならずに最後まで面倒をご覧になる情け深さ。加えて、深い教養がおありになるだけでなく、趣味もたいへんよろしく、そのお心遣いも尋常ではない、と評判の方でございました。

ですから、六条院様の愛娘《まなむすめ》、明石《あかし》の姫君の裳着《もぎ》のお支度の時など、そのお力の入れ様と、豪華なお誂《あつら》えは、後世に伝わるほどでございました。例えば、お持たせになるお香につきましては、六条院様は手持ちの物では飽き足らず、二条院のお蔵を開けさせて、唐物をご覧になり、自ら比べられたほどだそうでございます。また、お道具類の覆《おお》いや座布団《ざぶとん》の縁なども、気《き》の利いた唐物の綾《あや》や錦《にしき》で飾られたとか。

季節折々の上様方のお召し物も、六条院様が自らお選びになって、お配りになられると聞きました。花散里《はなちるさと》様にはこんな色、紫の上様にはこんな柄、と。逆に申せば、六条院様のお眼鏡に合わない衣装を着ていると、それだけで軽蔑《けいべつ》の対象になりかねないのです。怖いお方でもありました。

その六条院様に降嫁するお話が持ち上がっている、と朱雀院様から伺った時は、困ったことになったと思いましたし、たじろいでしまいました。朱雀院様からしてみれば、六条院様ほどの富と権力があれば、私が不幸になることは絶対にあるまい、とお信じになられたのでしょうし、また、まだ十四歳の私を、教養深く、ご趣味のよい六条院様に預けることで、教育して貰《もら》いたいともお考えになられたのでした。でも、私は六条院様に仕込まれるのか、と少々怖《おそ》ろしく思ったのでございます。まだ十四歳でしたし、十四歳には十四歳の楽しみも、またあったのでした。

しかも、六条院様は光源氏と言われた貴公子ではありますが、すでに御年四十歳を迎えられました。祖父と言うには早いですが、夫としては歳《とし》を取り過ぎておられました。そして、父の朱雀院様と六条院様とは異母兄弟でございますから、私の叔父上でもあったのです。叔父ということは、父も同然。正直、私は乗り気ではございませんでした。どころか、むしろ厭《いと》うておりました。このことは、誰にも申し上げたことはありませんでしたが。

そして、躊躇《ためら》う最大の理由は、どなたもが案じておられたことでございます。六条院様には、紫の上様という一番の思い人がいらっしゃったことです。

確かに私は、皇女というものはなまじ才覚など持たず、あまり深く物を考えず、のんびりと受け身でいればいいのだ、と思ってはおりました。教養とか趣味などというものは同じ年頃の貴公子たちとの付き合いで培《つちか》うことでございます。すでに出来上がっておられる教養人、絶対に私が敵《かな》うべくもない賢い奥様方がいらっしゃる六条院様には、それは通用しないような気がするのでした。

しかし、皇女があれこれと自分の考えを言うことはできません。私たち天皇家の女の結婚は、すべて政治と関《かか》わりが深いからでございます。私は朱雀院様の仰《おつしや》る通りにするしかありませんでした。

ただ、六条院様がこんなことを仰っていると小耳に挟んだことがございます。その時は、六条院様も身分についてはこう思われていらっしゃるんだ、意外なことだなあ、と思ったものでございます。それは、「自分は栄華を極めたし、素晴らしい女の人に会っていい人生を送ってきた。自分としては、何ひとつ不足はないのだけれども、ただ、相手の女の人の身分が自分と釣り合わないことには、少し不満もあるのだ」と内輪の方に、冗談めかして仰ったというのです。

女房たちから伝わってくる話では、今の思い人であられる紫の上様も、そんなに高いご身分のご出身ではないとのこと。だから、側室のままに扱われておられるのかと思えば、まだ十四歳の私にも、六条院様のお気持ちの、その内側の針のようなものはわからないこともないのでした。そして、その針の部分を、私の父である朱雀院様がうまく突いたとも言えましょう。

朱雀院様は私の降嫁が決まったとて、すっかりご安心されたご様子で、裳着の支度を整えてくださいました。明石の姫君に負けないように、とどこかで六条院様と張り合うお気持ちがあったのでしょう。そして、そうすることが、私という娘に高い価値を付けることでもありました。それほどまでに大事な娘を嫁にやるから、よろしく面倒をみてやってくれ、ということだったのです。

まるで他人事《ひとごと》のように申しますが、大層、見事なお支度でございました。お部屋の調度は、すべて唐物の家具で設《しつら》えてありまして、和物の綾や錦は一切使わない、正式のものでございました。「女三宮様は、まるで唐土《もろこし》のお姫様のようですね」と、どなたかが仰ったのが耳に入ったくらいでした。

でも、私は、自分が借りて来た猫のようにおどおどして見えるだろうな、と思いながらお腰結いのために立ち上がったのを覚えております。朱雀院様のお心には感謝しておりますが、すべてが大仰で、私には相応《ふさわ》しくない豪華なお支度だと感じました。その時から六条院様と父との間の確執のようなものが始まった気が致します。確執とは言い過ぎかもしれません。つまり、私という娘に対する思い入れの差、ということでございましょう。

六条院様との新婚生活は、予想した通り、楽しくはございませんでした。六条院様は、紫の上様に気をお遣いになり、あまり渡ってはいらっしゃいませんでした。たまにいらっしゃると、私の幼さやのんびりしたところがお気に入らないご様子で、何ごとにも口喧《くちやかま》しく注意ばかりなさるのです。

先程、六条院様は女人に情け深いと申し上げましたが、確かに、六条院様はお付き合いされた女性たちを、御殿に住まわせておられました。皆様、素晴らしく美しくて、女性としての教養も嗜《たしな》みも、第一人者ばかりなのでした。

春の御方は、六条院様の一の思い人、紫の上様。夏の御方が、馴染《なじ》みの深い、花散里の君、冬の御方が、明石の姫君のお母様である、明石の方。私は正妻ですから寝殿に住んではおりますが、一番幼い人形のような扱いでございました。お渡りもないと、それはそれで気が楽なのでございますが、女としては、面目を潰《つぶ》されることではございました。

巷《ちまた》では、「女三宮は六条院に嫌われているようだ」という噂《うわさ》が立っている、と女房から聞かされたこともございます。女房連は、六条院様は女三宮様に冷たい、と恨んでいたようですが、私は、そんな噂が朱雀院様のお耳に入ったら、どれほどご心配なされ、また悲しまれることだろう、と気になって仕方がありませんでした。でも、まだ若い私には、どうすることもできません。

紫の上様も、私へのお渡りがないと自分が引き留めているかのように思われるから、と気をお遣いになられて、私のところにお手紙をくださったことがあります。お返事を書きますと、それをまた六条院様がご覧になって、紙の選択が悪い、紙の色の選びが悪い、薫物《たきもの》が匂《にお》い過ぎる、手蹟《て》が下手だ、内容が素っ気ない、教養が見えない、とさんざんな貶《けな》しようなのでございました。終《しま》いには、私もどうしたらいいかわからなくなって、泣くしかありませんでした。

私が泣くと、六条院様はまた苛々《いらいら》されて、あなたは何と幼稚なのですか、子供のようにべうべう泣くばかりで、ご自分の意見もないのですか、と仰います。挙げ句、どういう育ち方をされたのか、と朱雀院様への厭味《いやみ》のようなことまで仰るので、私は辛《つら》い気持ちで伺っておりました。

六条院様は栄華を極められ、天皇に次ぐお立場になられましたから、自信に満ちて、何ごともご自分の思うようにならないとご不快に感じられるのでした。そのご不快の念を、私は始終、六条院様に起こさせていたのでございます。

こんなこともございました。薫物を致しますと、六条院様はお詳しく、またご趣味がよろしい方ですので、すぐさま検分が始まります。あちこちの御方様のお香の趣味を確かめて、あれこれと評されるのです。私はあいにく香の知識もありませんから、女房たちが見よう見真似《みまね》で、頂いたお香などを焚《た》きます。すると、六条院様がやって来て、お叱りになるのです。

「どうして、こんな狭い御簾《みす》の中に何十人も坐《すわ》って、ぎゅうぎゅうと暑苦しくいるのです。御簾の近くに居てはは したない、と申し上げませんでしたか。それに、薫物はこんな風に四つも五つも香炉を出して煙をもうもう出すものではありません。奥床しく、どこからか匂うくらいがちょうどいいのです」

女房たちは慌《あわ》てて居住まいを正しますが、六条院様は、私の若い女房や侍従たちのしどけない様や、派手な服装も品がない、と気に入られないのです。そして、最後には私にお怒りになられます。

「あなたもしょうがない人ですね。あなたが軽々しいから、女房たちもだらしなくなるのです。そのお衣装の桜色は濃すぎますよ」

六条院様は、完成された女人がお好きなのでした。そして、これはと思う女人をご自分が育て上げて、完成品に近付けることも、大層お好きなのでした、紫の上様のように。紫の上様は、十歳の時から六条院様が気に入られてお手元で育て、教養をつけて差し上げ、ご自分好みの女人にされてから、奥方とされたのでした。

六条院様が、雪が積もって風邪を引き、具合が悪くなったので、そちらには行けなくなりました、という歌を言付けられたことがありました。私は、六条院様は紫の上様のご機嫌を取りたいから、こちらには来たくないのだと悟り、何も返答しませんでした。女房には、「その旨《むね》、お伝えしました」とだけ言いなさい、と命じて。私なりに気を悪くしていたのでした。すると早速、六条院様はぶつぶつと文句をお言いになるのです。

「あなたの、ああいう返答はつまらないよ。男が、行けなくて残念だ、という歌を詠《よ》んで来たのだから、あなたは、自分も心の裡《うち》を何かに託して、うまく返答しなければ、男の心は繋《つな》ぎ留められないでしょう。それは、男女の仲だけではなくて、人間同士の付き合いだって同じことです。その点、紫の上は、まだ十歳くらいだったけれども、今のあなたよりも勘がよく、優れていましたね。同じ藤壺《ふじつぼ》様の縁者だというのに、どうしてこうも違うのでしょうか」

六条院様は、幼い時の紫の上様と、私とを比べていらっしゃるのです。今の紫の上様ともお比べになられますし、若い時の紫の上様ともお比べになられる。つまり、私はいつも紫の上様に比べられては、軽蔑される正妻なのでした。紫の上様に敵う女が存在しないのは道理でございます。紫の上様は、六条院様が理想の女人として育て上げられたのですから。

でも、私は皇女ですから、紫の上様より位は高い。故《ゆえ》に、離縁などもっての他の存在なのです。私は、同年代の若い男と暮らせば、このように一方的に高いところから見下ろされるようなことはないのだろう、と考えたものでした。

六条院様だとて軽々に、これまでにお付き合いのあった女人の噂話をされることもありました。例えば、朧月夜《おぼろづきよ》様はすぐに靡《なび》くから軽いところがおありになる、とか六条の御息所《みやすどころ》様は、重苦しくて逃げたくなる、などと気儘《きまま》に仰るのです。ということは、私も、他の女人に、女三宮は幼くて困る、などと話されておられるのだろうなあ、と余計な気を回してしまうのでした。

では、六条院様が、私のすべてをお嫌いだったかと言うと、そうではなかったように思います。六条院様は、若い女を教育して自分の色に染め上げるのがお好きですから、無垢《むく》な少女を好んでおられたのです。私のことも、あどけないとお思いになり、可愛《かわい》がってはくださるのですが、私の心の方は鍛えがいがない、と物足りなく思っておられたようなのです。体と裏腹に、心では見下されているような気がして、私は居場所がないのでした。

私がどんなにか辛い気持ちで結婚生活を送っていたか、おわかりになって頂けますでしょうか。あの時の自分の暗い心持ちを思い出しますと、早く出家してよかったと思うのです。仏は、私に多くを望みませんから。

そんな折、小侍従《こじじゅう》と呼ばれる、歳《とし》の近い女房から、内大臣の息子、柏木様のことを聞かされました。柏木様が、私にひと目会いたいと仰っているとか。柏木様は、以前から私と結婚したいと思っていたのに、六条院様に取られてしまった、と諦《あきら》めきれない思いをお持ちなのだそうです。

最初に聞いた時、私は、とんでもないことを吹き込まれた、と嫌な気持ちになりました。でも、私と同年代の若い男がどんな人たちであるのか、興味も感じたのは事実でした。六条院様は、何度も申し上げましたように、すでに完成された、この世でも稀《まれ》な優秀なお方です。私は、六条院様に何度も叱《しか》られ、貶され、しているうちに、自信のない縮こまった魂の持ち主になったような気がしてならなかったのでございます。

柏木様のお話は、その心に、すうっと爽《さわ》やかな風が吹いたような心持ちがしたのでした。

春の日、御殿で蹴鞠《けまり》が催されました。若い貴公子が集まって、寝殿の前で蹴鞠をなさいました。小侍従が私の耳に囁《ささや》きます。

「宮様、あそこにおられます、蹴鞠の上手な方が柏木様でございますよ」

私は胸をときめかせて、額に汗を光らせて走る柏木様を眺めました。蹴鞠もお上手、笛も名手。柏木様は、将来ある素晴らしい若者、と評判でした。その柏木様は、時々寝殿の方を振り返って、私の姿を探しておられるご様子。でも、女は御簾の近くに立つこともはしたないと言われておりました。まして、顔を見られるなどとんでもないこと、それは押し入られるも同然のこととして、禁じられていたのです。

でも、私は決心していました。柏木様に自分を見せてあげようと思ったのです。私は飼っていた子猫の首輪に御簾の紐《ひも》をわざと絡《から》め、大きな唐猫をけしかけてみました。唐猫は、御所から頂いた、灰色の毛並みをした目の青い、美しい猫です。唐猫は気が荒く、動く物なら何でも追いかけるのです。子猫は逃げて、思い通りに御簾は跳ね上がり、私の姿は丸見えになりました。さあ、ご覧なさい。ほんの一瞬のことでしたが、私は蹴鞠に興じる貴公子たちを眺めている振りをし続けました。

意志がない、芯《しん》がない、感受性がない、つまらない、と言われてきた正妻の私が、御殿の中で初めて六条院様に逆らった瞬間でした。柏木様が、私を見つめる視線が私に突き刺さり、私は取り返しがつかないとうろたえつつも、これでよかったのだ、と内心頷《うなず》いていたのでした。

柏木様に自分の姿を見せて、どうしたかったのかと言いますと、私はきっと若い男の愚かさを見たかったのでしょう。いいえ、私自身の愚かさも。それは、今になって初めてわかることでございますが。

六条院様は、何もかもわかっておられる方。でも、柏木様のような若く愚かな時代もきっと過ごされてきたはずです。私は自分の若い時代を愚かしく過ごしたいのに、その芽は六条院様に摘み取られているも同然だったのです。

柏木様が、私の寝所に忍んでいらしたのは、垣間見《かいまみ》からしばらくしてでした。その晩は、賀茂《かも》のお祭りが近付いたので、皆が禊《みそ》ぎのお手伝いの用意に忙しく、私の近くには誰もいませんでした。勿論《もちろん》、小侍従の手引きでございます。

男の気配がするので、私は六条院様かと思って目を覚ましました。が、違う男の人が裾《すそ》に蹲《うずくま》っています。悲鳴を上げますと、相手はひどく慌てた風に私の腕を摑《つか》み、狂おしげに囁くのです。

「お願いですから、お静かになさってください。柏木でございます。私はあなた様をずっとお慕い申しておりました。以前、あなた様をいただけないでしょうか、と朱雀院様に申し上げたこともあるのです。その時は、私の身分が一段低いとて、身を引いてしまいました。でも、私はどうしてもあなたを諦めきれません。何卒《なにとぞ》、追い払わないでください」

私は怖ろしくて、ぶるぶると震えておりました。まさか、わざと垣間見させたことがこんな結果になるとは思いもしませんでしたし、柏木様の大胆な行動も予想外のことでした。柏木様に組み敷かれた時、一番怖いと思ったのは、六条院様のお怒りでした。六条院様が権勢を振るうのを見るにつけ、六条院様は、あらゆること、あらゆる人を、思い通りにしたいお方なのだ、とわかってきたからでございます。風流な趣味人の光源氏の君は、権力欲も充分におありになるのです。その証拠が、紫の上様がいらっしゃるにも拘《かかわ》らずなさった、皇女である私との結婚ではありますまいか。

「あなた様に嫌われたら、私は死んでしまいます」

柏木様はそう言って震えながら泣くのです。そして、とうとう強引に関係が出来てしまい、私も震え上がりました。

柏木様は、その後も数度忍んでいらっしゃいました。私は、柏木様のことを考えると、次第に罪の意識に怯《おび》えるようになりました。それは、柏木様が思ったよりもつまらない男であったからに他なりません。好きになれば、罪の意識など感じるはずはありませんもの。きっと、命懸けで六条院様と闘い、柏木様と一緒になる方策を探ったことでしょう。

でも、違ったのです。柏木様が私に焦《こ》がれているのは、私が皇女という高い身分だからであり、朱雀院様が一番可愛がっておられる女宮であること、そして、憧《あこが》れの源氏の君の正妻だからなのです。柏木様は、自分の憧れの象徴である私を抱くことで、憧れと同化したような気持ちにおなりになったのです。柏木様が六条院様を畏《おそ》れ、崇《あが》める様は驚くばかりでした。私は柏木様からも、私自身の価値というよりは、朱雀院様が付けてくださった皇女としての価値を思い知らされた気が致しました。

そのうち、怖《おそ》ろしいことが出来《しゅったい》しました。柏木様によって懐妊させられてしまったのです。折から、六条院様の寵愛《ちょうあい》される紫の上様は、ご体調優れず、ずっと臥《ふ》せっておられました。六条院様は看病のために、こちらにはお渡りなされていませんでした。悪いことは重なるものでございます。

しかし、紫の上様が回復されたということで、ほっとされた六条院様は、私の方の見舞いに寝殿にお寄りになられたのです。折から、小侍従が、柏木様からの文《ふみ》を持って来たばかりでした。ちらりと読みましたが、あなたとさっき別れたのに、またすぐ会いたくて仕方がない、また是非会ってください、というような内容でございました。冷たいようですが、柏木様の自分勝手さに飽き飽きとしていた私は、その文が六条院様のお目に留まっても構わないと思い、座布団《ざぶとん》の下に入れておいたのです。

何もかもが嫌になっていました。唯一《ゆいいつ》の希望だった柏木様との恋は、若い男も地位や名誉を欲しがっているのだ、という失望する結果に終わりましたし、紫の上様を正妻にされない癖に、お気持ちだけは囚《とら》われて、頼っていらっしゃる六条院様が憎かったのです。

六条院様は、すぐに座布団の下にある文に気付かれ、私に見えないように背を向けて読んでおられました。読みながら、憤激に震えていらっしゃいます。柏木様の手蹟であることは、書にお詳しい六条院様のことですから、すぐにおわかりになったご様子でした。

早速、六条院様の説教が始まりましたが、決して芯をお突きにはならないのです。

「あなたはとても幼稚で、行動があまりにも粗雑ですよ。気を付けてください。例えば、文というものは、誰と特定できないように気を付けて書くものですし、無防備に晒《さら》け出すのは、見てしまった方もあまり気持ちのいいものではないのです。もっと立派な人物かと思っていたら、たいしたことはないと失望することほどつまらないことはありません。あなたは朱雀院様から預かった大事な人だと思っているのだし、あなたを立派な女人になるよう教育しなければならないと思っているのですから、くれぐれも恥ずかしい寄り道などはなさらないようにしてくださいよ。それとも、私の言うことなどは、あなた方若い人は老人の世迷《よま》い言《ごと》だと笑っておられるのでしょうか」

いいえ、と否定しながら、私は泣くしかありませんでした。六条院様の叱り方は、お上手でした。決して、柏木様のお名前を出したり、何が起きたなどと肝心のことは言わずに、ねちねちと周りからお責めになるのです。文の書き方は、柏木様の恋文が下手だと笑っておられるのですし、立派な人物かと思っていたのに、というのも柏木様への当てつけなのでした。あなた方若い人、とは言うまでもなく、私と柏木様のことなのでした。六条院様は、柏木様と顔を合わせられる機会はたくさんおありでしょうから、柏木様にもきっと、二人にしかわからない風に、責めておいでだったのだと思われます。

柏木様は、六条院様を畏れ、尊敬しておられます。ご自分の恥を知られて、どんなにか恐懼《きょうく》したことでしょう。とうとう病の床に就いておしまいになったのです。勿論、それは、わざと文を見せた、私のせいでございました。柏木様がご重体である、と聞いて、私はますます六条院様が怖ろしく、また疎《うと》ましく思うようになりました。六条院様のお気持ちには少しも広やかなところはなく、相変わらず、刺すような視線で私をご覧になるのです。

以前、嫉妬《しっと》に狂う六条の御息所様の生き霊《りょう》が現れて取り憑《つ》いたり、人を殺したりした、と聞いたことがありますが、私には、ご自分が裏切られた時の六条院様も同じようになられると思ったことでありました。それには、ご自分が段々と歳《とし》を取られて、すべてが思うようにならないという、苛立《いらだ》つお気持ちも強かったのだと思います。

私が不義の子である男御子《おとこみこ》を産んだのは、六条院様が四十八歳になられた時でした。孫と言ってもおかしくないお歳でございました。六条院様は、私に付き添っておられましたが、それは女房たちの手前でした。六条院様は、生まれたばかりの男御子を、「ぷよぷよしていて、まだ定まらない」などと仰《おつしや》り、ご覧にもならない有様。勿論、不義の子ですから、当たり前のご反応かもしれませんが、私にあれこれと人の道を指南していたお気遣いとは裏腹の、剝《む》き出しのご感情なのでした。

柏木様が逝《ゆ》かれたのは、男御子が生まれて少し経《た》ってからでした。男御子と聞いて、さぞかし安堵《あんど》されて逝かれたことでしょう。ご自分の分身が残った、と。しかし、私の心は悲しみに沈みました。私たちは何と物狂おしい運命を生きているのでしょうか。皇女という身分の私は、決して愛を得られない運命。紫の上様は、愛を得ても地位を得られない運命。六条院様は、すべての女人の和を望んでいらしたのに、私を入れることで壊しておしまいになったし、私を欲した柏木様は病を得られた。すべては、六条院様の欲望が、周囲の人間を皆不幸にしているのでございます。

朱雀院様が御子誕生のお祝いに来てくださいました時、私は思い切って出家を願い出ました。出家こそが、私に残された唯一の逃げ道のように思いました。夫を見捨て、子供を預け、仏とともに生きる道を選びたかったのです。六条院様にこの先、柏木様の御子のことで責められ続ければ、私も柏木様と同様、儚《はかな》くなることでしょう。お歳を召されて、一層、口喧《くちやかま》しく、また嫌なことを仰るのもお上手になられた六条院様から、遥《はる》か遠くへ逃げたかったのです。

朱雀院様は、まだ若い身空で、と大変驚かれたご様子でしたが、私が涙をこぼしてお願いしますと、そこは親子、何ごとかお悟りになられたのでございましょう。一緒に泣かれて、女三宮がそれほどまでに言うのなら、と仰るのでした。

六条院様は、まさか、幼稚な私が出家を申し出るとは、思ってもみなかったのでございましょう。慌《あわ》てて止めに入られました。御子を産んだばかりの私が出家すれば、何事かと人々の口の端《は》には上《のぼ》りますし、私の面倒を見ると朱雀院様にお約束した六条院様の面目は丸潰《まるつぶ》れになります。でも、私にそこまでの見越しはありませんでした。私はただ、皇女という身分から降りて、心安く暮らしたかっただけなのでございます。これが、私が出家に至った顚末《てんまつ》でございます。

二月の雪を見ますと、どうしてもあの輿入《こしい》れの翌朝の出来事を思い出してしまうのです。六条院様は寝殿にお渡りになられた後、夜明けに降る雪をご覧になり、大きな溜息《ためいき》をひとつ吐《つ》かれたのでございます。その背中に表れた憂《うれ》い。これから変わる運命を、降りしきる雪の中にご覧になったのかもしれません。

お母様に似た方、どうぞ煙とともに、今の話を天に持って行ってくださいませ。

浮舟

うきふね

小池昌代

原典のあらすじ

二条院で見かけた浮舟を忘れられない匂宮《におうのみや》は、あるとき彼女が薫《かおる》の囲っている女で宇治にいることを知る。ひそかに宇治を訪れた匂宮は薫の声をまね、浮舟の寝所に押し入る。薫でないことに呆然《ぼうぜん》とする浮舟だが、一途《いちず》な匂宮にしだいに魅《ひ》かれていく。薫の浮舟へのただならぬ想《おも》いに嫉妬《しっと》にかられた匂宮はふたたび宇治を訪れ、対岸の隠れ家に浮舟を連れ出す。二人への想いに苦悩が深まる浮舟のもとに、匂宮との関係を知った薫からなじる手紙がくる。薫の命により宇治の警備が強化されたと聞き、浮舟は死を決意する。母からは不吉な夢を見たから誦経《ずきよう》をするようにいってくるが、浮舟にはその誦経の鐘の音が死へ誘うように聞こえる。

わたくしはこのごろ、源氏に夢中です。学生のころは、古文が苦手で興味も湧《わ》かず、ニッポンの古典から、目をそむけてきました。それがいったい、どうしたことか。あるとき、思い立って本屋へ出かけ、買ってきたのは、注釈のついた源氏物語、全六巻のまずは一巻目。それが五年ほど前のことだったでしょうか。

いま、毎日の勤務を終え、たいていひとりの夕食をとったあとは、寝につくまでの一時間ほどが、わたくしの源氏タイムです。おぼつかない読み方ですけど、まるで異国のことばのように、原文の一言一言につまずきながら、読み進めていくのです。

結婚もせず、学校を出てから、通信機器をあつかう会社に勤め、五十年近くがたちました。今年はいよいよ定年ですって。他人の話を聞いているようです。けだもののように食べて働いて、気晴らしも趣味も持たずにやってきた。そんなわたくしの胸のなかに、いま、住みついているのは、ウキフネという「女」です。源氏物語、最後の女。薫《かおる》と匂宮《におうのみや》、ふたりの男に挟まれて、悩んだあげくに入水《じゅすい》した。でも結局死ねずに、僧都《そうず》に助けられ、若くして出家をはたしたひとです。そんな女性の人生と、地味なわたくしの人生のあいだに、どんな接点があるというのでしょう。

源氏は、魔物のような物語です。

読んでいると、登場人物が、夢のなかにまで現れることがあります。ときには、自分がそのひとになっていたりして。ある夜の夢では、このわたくしが、四人の男たちから求婚されていました。ウキフネどころじゃありませんよ。まったくおかしな夢でした。最初に求婚してくれた男は、どういうわけか、高校時代の同級生、磯辺《いそべ》くん。なぜ、いきなり、今頃になって磯辺くんなのか。わたくしは磯辺くんを一度も素敵だと思ったことがなかったし、卒業以来、思い出したこともないというのに。源氏を読んで寝につくと、こんなふうに、いろいろ説明できないことがおこる。

実際には、複数の男に言い寄られるなんてこと、わたくしの人生にはおこりませんでしたけれど、決していいもんじゃありませんね。夢のなかでも苦しかった。

こうして源氏に没入していると、その物語の構造のようなものが透明な骨のようにからだの奥に入ってくる。自分自身が、知らぬ内にウキフネを生きてしまうということが、わたくしには不思議でならないことなのでした。

真夏の日曜日の夕刻のことです。早めの夕食をすませ、いつものように、本を開きます。休みの日にも、行くところはないし、誘ってくれる友もいない。

ザーッと激しい水音がして、窓をあけると、夕立です。足の裏が、すうーっと涼しくなりました。雷光が、暗い空のなかに、雲の輪郭を照らし出します。降ってくる雨は、大蛇ほども太く、雷の音も、次第に激しくなっていきます。思わず外へ、裸足《はだし》で飛び出していきたくなりました。雷が、好きなんです。飛び出さないでじっと我慢して、六十五年が過ぎたんですが。

あのウキフネは、どうだったでしょうね。案外、雷を好む女性であったかもしれない。

その日もわたくしはとても疲れていました。休みになっても、体のあちらこちらが痛むのですよ。夕立の音を聴きながら、ごろりと横になると、いつしか、うとうと寝入ってしまいました。

目覚めると、真っ暗な部屋のなか。雨はすっかりあがったようです。わたくしは、岩を枕《まくら》に、大きな川のほとりに横たわっていました。

驚いて、よろよろと立ち上がりました。冷たい空気が肌をさします。あたりには、深い霧がたちこめていました。

川の流れはとてもはやくて、水音も高くあがっています。岸辺にいても、しぶきが服にはねあがるほどです。目を凝らすと、川の中央に、燃えている一艘《そう》の小舟があります。こぎ手もいない、空《から》の舟です。雷光に打たれでもしたのでしょうか。

ああ、危ないと思いながら、わたくしは、その美しさにただ、目を奪われていました。

舟は青く、ぼんやりかすみ、あまりに静かに燃えていました。耳を澄ますと、燃え上がる舟の舳先《へさき》から、かすかな女の声がします。

「わたくしは――ウクフネ――わたくしは――ウクフネ」

ウキフネじゃなくてウクフネ？　でもそう、聞こえます。

舟は棺《ひつぎ》のように見えます。

舟はゆりかごのようでもあります。

そして舟は、女の子宮のかたちに似ています。

見詰めていると、舟は燃えながら、静かに舳先から、物語を語り始めました。

——白い月がかかっています。

夜が明ける。遠くの山は薄青くけぶり、近くの山は濃い墨色。川の水音が激しさを増すと、いくたびも小舟から振り落とされそうになり、わたくしは必死で、へりにつかまります。何かが燃える匂いがする。何の匂い？　人間が燃える匂いだろうか。わたくしが燃える匂いだろうか。

かつて、わたくしは火葬にふされました。入水したわたくしの遺体があがらず、もはや死んだものと見なされて、本人不在の葬儀が営まれたのです。

だから燃やされたのは、わたくしでなく、わたくしの使っていた調度品や着物。火の中心に肉体はなかった。そこにわたくしはいなかったけれども、わたくしは、あのとき、自分が、ほんとうに燃えあがったような気がしています。

いまこのとき、ここにいるわたくしは、わたくしの影にすぎないのかもしれない。そう思うことには、なんともいえない恍惚感《こうこつかん》があって。

宇治川に、入水したとき死んだはずだったんです。死ぬつもりで、そろりそろりと、水のなかへ入って、あとはもう、激しい水流に巻き込まれ、その後の記憶を失いました。

気がついたとき、わたくしは流木のように、木の根のそばに打ち上げられていた。

横川《よかわ》の僧都に拾われて、尼君たちの介護を得、いのちを延ばしていただきました。小野という土地で、いま、わたくしは出家後の、静かな日々を過ごしています。

出家のとき、剃髪《ていはつ》を引き受けてくださった阿闍梨《あじゃり》が、切る前に、息をのんで、はさみを持つ手をためらったこと。思い起こせば、あの空白が、鋭いナイフのように胸に迫ります。じょぎり、じょぎりと、髪が切られていく、生々しい音も、忘れられるものではありません。

みな、泣きました。けれどわたくしの内心には、静かな歓喜が広がっておりました。わたくしが生きていることを知った薫さんが、出家したことはさすがに知らずに、わたくしの小さな弟を連れて、会いたいとやってこられました。でも、もうお目にかかることはないとはねのけました。

わたくしはもう、渡ってしまったのです。せびれ、おびれを切ったさかなは、海のなかで、うまく泳ぐことはできないでしょう。

せびれ、おびれが、二度、生えてくることはないのです。そんな、一度限りのものをわたしは失い、かわりになにか、永遠のものを手に入れました。それを得たものは、ここにいても、ここにいない。肉体はここにあるけれども、心ひとつでこの世に浮かんでいる。だからわたくしに薫さんが見えても、薫さんには、わたくしがおそらく見えないでしょう。お目にかかるということに、もはや、意味などないのですよ。ごめんなさい。ごめんなさいね。

薫さんはとても誠実なかた。世間の思惑からはずれることなく、いまいるその世界に安住していらっしゃる。境を越えることは、けっしてありません。身を汚《けが》すことなく、善き人の枠のなかで、生を終えられることでしょう。批判しているわけではありません。そのようにして、この世の生を終えられたら、人はどれほど幸せなことか。

かたや、匂宮さまは、自分の欲望を満たすためなら、周囲のことなど考えずに突き進む。あれを「悪」の所業と言うのであれば、わたくしも、あのかたと共に、悪事を犯したかたわれです。

宮さまは、わたくしの入水を知ったあと、病いに臥《ふ》されてしまわれましたが、それもひとときのこと。わたくしという玩具《がんぐ》を取り上げられて、おいおい泣いた子供のようなものだった。事実、あのかたは、その後も奔放に、恋を重ねていらっしゃいます。それでいい。それでいいのですよ、それでこその宮さま。匂宮さまは、わたくしが実は生きていて、出家するにいたったという、この顚末《てんまつ》をご存知ない。それでいいんです。つかの間の恋情を交わす相手として、あのかたほど、ふさわしい人はありませんでした。

そんなふたりに愛されて、わたくしはさぞかし幸せだっただろうって？　知りませんよ、そんなこと。自分の幸不幸なんて、考えたこともない。

それでもああ、匂宮さまが、わたくしの肉に刻み付けた快楽の印は、わたくしの記憶の底に、泥のようなものとしていまも残っています。こうして、出家をはたしたいまも、あのかたがわたくしの肉体に残した痕跡《こんせき》が、ふわりとよみがえってくることがあります。ぞっとします。わたくしたち、何をしたのでしょう。それを思うと、まだわたくしは、あちらの岸へと、渡り切ってはいないのかもしれない。出家はしても、こうして、いまだに揺れる小舟です。

匂宮さまとの恋は、ひとつの錯誤から始まりました。夜更《よふ》け、あのかたは、いきなりやって来て、盗人のように、眠っているわたくしの傍らにすべりこんだのです。侍女たちは最初、薫さんがやってきたものと勘違いしました。あのかたが、薫さんの声音をまねして、皆をだましたのです。右近《うこん》も侍従《じじゅう》も、やすやすと、あのかたをわたくしの寝屋へと導いてしまいました。

いまとなっては、笑ってしまいます。あのかたが、薫さんに化けたという、そのことに。そのとき、どんなお気持ちだったか。

だいたいあのかたは、わたくしが、薫さんの女であるからこそ、わたくしをあれほどに欲しがった。あのときわたくしは、薫さんであって匂宮さまでもある、一種の「バケモノ」と交合したのかもしれません。

恋とはまったく珍妙な現象です。人は、なぜ、誰かに似たひとに恋をするのでしょう。かつて愛した恋人に、母に、姉に、妹に似たひと。なぜ、ひとつの面影を探し続けるのですか？　わたくしもまた、きっと誰かに似た女なのでしょう。しかし、そうして面影を求めるとき、わたくしたちはいったい、何に恋しているの。恋とは空洞です。ひたすらに幻を追い求める行為ですね。

あのとき、わたくしの背後にしのびこみ、この胸にむんずとてのひらを押し当て、乳房を小石のように握りしめたのは、顔のないもわりとした「気配」でした。いぶした椿《つばき》の花のような、不思議な香がたちこめて。それは薫さんの、ほのかな体臭とはまったく違うものでした。汗と尿の臭《にお》いに蓋《ふた》をしたような、むしろ、あざとい、わざとらしい匂い。よい匂いとは、必ずしも言えないにもかかわらず、一度かいだら、かいだとたんに、骨が溶け、目鼻が溶ける。女をそのようなものにしてしまう、あれはおそろしい匂いでした。

どこかでかいだことがあると思いましたが、どこでだったか、思い出せません。

と、そのひとが、耳に口をあててささやきました。

「わたくしですよ。わたくし。二条院にいらしたあなたを見初《みそ》めてから、ずっとずっと思いこがれていました。どうぞ騒がないで、乱暴なことはしません。そっと、やさしく、夢ごこちにお誘いしますから。薫の隠し人と知って、なおさらいっそう、くやしくて」

薫さんの名前が出て、はっとしました。

「中の君も薫も、意地悪なことですよ。こんなに魅力的な女性をわたくしから隠しておくなんて」

その勝手なもの言いを聞いて、お顔を見なくとも、わかったのです。あのかたの正室、中の君は、わたくしの異母姉のひとり。そして、薫さんとあのかたは、おさななじみの親友同士。

わたくしを宇治に囲ってくださっている薫さんに、どんな顔向けができるのかと思うと、全身がふるえました。知らなかったではすまされません。薫さんを裏切り、やさしい異母姉を裏切り、薫さんとのことに、期待を一心にかけている、わたくしの母をも裏切ることになる。よく、わかっていました。けれど、あまりにやわらかなあのかたの指使いに、わたくしはとろけてしまったのです。

比べることが、どれほど下品なことか。でもわたくしは思い出さずにはいられない。薫さんの、筋肉質で固いはりつめた板のような肉体と、あのかたの、ふっくらとした、雲のようなもち肌を。わたくしの細胞は、――そう、あくまでも、わたくしではなく、わたくしの肉体がなしたことのように思えるのですけれど――すべてにおいて、薫さんとあのかたを峻別《しゅんべつ》し、一瞬ごとにカチマケを決めていくのでした。

あのとき、拒んで大きな声をあげればよかったのでしょうか。わたくしにはできないことです。たいへんなときほど、声が喉《のど》の奥に引っ込んでしまうたちなのですから。わたくしの叫びは、いつも、外に出ていかずに、自分自身の内側へ発せられます。わたくしの内面には、いつだって、閉じ込められた声が充満している。その声が、いつか、いつの日か、破裂してしまうだろうことを、わたくしは予感していました。

交わりのさなか、あのかたは、わたくしに、声をあげよ、声をあげよ、と責め立てたものです。すべてを裸にしないと、満足できない方ですから。肉体がすべて裸になっても、もっともっと、あらわにする。心を裸にされることほど、恥ずかしいことがありましょうか。

そうしてわたくしは、あのかたに幾度もばらばらに壊されました。

決定的に壊されたのは、あのかたにさらわれるようにして、小舟で対岸へ渡ったときのことです。あのかたが、わたくしの寝屋にしのんできてから、それほど日を置かないころのできごとです。あのかたの従者である時方《ときかた》が、ふたりきりになれる隠れ家を、対岸に探してくれたのです。時方の叔父の家と、あとで聞きました。

思い出すのは、いつも、流れる川の水のこと、水音のこと。渡るさなかにも、宇治川の流れは、こんなに速くはげしいものだったかと、じっと見つめずにはいられませんでした。

見つめているとその一瞬に、わたくしの抱える憂慮は、すべて消えうせてしまいそうで。

心に生えた、黒いカビのような罪の意識も、流れの力で漂白されそうな気がしたものです。

岩にあたって、はじける水、岩のまわりに、流れ込む水。右から左から、流れが渦を巻き、水の表には、ところどころに、えくぼのようなくぼみができていました。

水音は、高くなったり低くなったり。

心臓の鼓動が、それに重なって、いつしか川は、血のようにどくどくと粘りを増していきます。

一度として、同じもののない水の表情。どこへでもゆく、なんにでもなる、誰のものにもなる、かたちのない水。水は妖精《ようせい》、水は娼婦《しょうふ》。水は悪魔。そして破壊者。水の本性は、はげしいものです。

明け方の白い月の光が、水面に反射して、きらきらと輝いていました。それともあれは、水面にはねあがった氷魚《ひお》だったでしょうか。

化粧も許されず、身づくろいをする暇も与えられず、わたくしは、凍えそうな外気の只中《ただなか》へ、いきなり連れ出された。そして対岸へ渡る小さな舟に乗せられました。

不安より寒さから、かたわらのあのかたにしがみつきますと、あのかたは、もっと強い力で、わたくしを抱きしめかえしました。

川のところどころに、柴《しば》を積んだ小舟がゆらゆらと漂っていて。なんとおぼつかないありさまだろうと、見ているだけで、こちらのこころがゆれてきました。自分が乗っているのも、そんなこころもとない舟のひとつにかわりないのに。

いのちというものに、かたちはあるのでしょうかしら。あの流れる水のように、わたくしのいのちも、一瞬たりとも、同じかたちをとらない。かたちをとったそばから、かたちをほどいて、流れていく。あのとき、運ばれていった流れの先に、いまのわたくしを、あのときのわたくしは、想像できませんでした。

宇治川には、樹木の生い茂る中州があります。そこには、常磐木《ときわぎ》がこんもりとはえて、山のようになっていまして、あのとき、船頭さんが棹《さお》をたてて、小舟をひととき止めてくれたのでした。橘《たちばな》の小島と人は呼びます。
そこであのかたは、歌を詠《よ》まれました。

常緑の、黒々とした、なんという深い、因業《いんごう》の色
あの、とこしえの緑にならって
この先も
変わらぬ愛をきみに誓うよ
ああ、だから、きみ
きみよ、ぼくのものになってはくれぬか

そのとき、わたくしも、短い歌をお返ししました。

わたくしは
小さなこの憂《う》き（浮き）舟に

ゆらゆらとゆられ　彷徨《さまよ》うばかりのものです
あなたのような
ウキウキ気分とはだいぶ違って

わたくしが死に、あのかたが死んでも、歌は残るのでしょうか。残ったとしたら、そのなかに、あのかたのいのちも、わたくしのいのちも、あるのですから、わたくしたちは、死んでも死なないということでしょうね。歌は、いのちを運ぶものです。

到着したところは、古い田舎屋でした。ここ数日、降り続いた雪が、そこかしこに、積もっていて、軒の垂氷《たるひ》がきらきらと、他人事《ひとごと》のようにきらめいていました。

このこと、決して、ひとにはもらすなよ。あの人は周りのものに告げると、わたくしと部屋にこもりました。

そうしてわたくしは、あのかたに愛されました。それはもう、ハタから見れば、見苦しいほどに。

春の待たれる、寒い時期でもありました。わたくしたちは、すべての戸をぴたりと閉め、外気を遮断して、朝でも昼でも、部屋を暗くして、ふたり、室内に閉じこもったのでした。

こんなわたくしたちのことを、侍女たちは「かたはなるまで遊び戯《たわぶ》れて」と、あきれるように、ささやきました。

当人のわたくしも、その言葉を聞いたとき、ぞっとしたものです。「かたはなるまで」。なんという怖《おそ》ろしい言葉。「かたは」とは、片端のこと。逸脱のこと。ひとがひとを愛するしぐさとは、なんとまあ、こっけいな、ぶざまなことよ。

わたくしたちは、足をあげたり、逆さになったり、入れ違いになったり、背中をあわせたり、犬か鳥か舟か、という按配《あんばい》に、様々な格好で、何通りにも重なり合いました。すべてあのかたの求めるままに。

わたくしのからだはなめつくされて、からだはあせばみ、ときに鳥肌をたて、毛穴という毛穴が開ききって、わたくしは肉のかたまりとなりました。そうなっても、底はないのです。底の底まで行こうとして、朝も昼も夜も、幾度となく、あのかたと交合を重ねますと、ようやくほんのりと、あかるんだ底が見えてきて、それが朝の光なのか、夕方の光なのか、愛欲のなかでは区別もつきません。

あのかたは、ごらんよ、と窓をあけ対岸のほうを見やりました。昨夜、向こうから渡ってきたのが、まだどこか、信じられず、夢のなかにいるようでした。対岸の、たちこめる霞《かすみ》のあいだ、あいだから、木々の梢《こずえ》がのぞいています。遠くには、雪を抱いた山。それがきらきらと光って、鏡でもそこに置いてあるようです。

あのかたが、歌を詠んで寄越します。

峰の雪も水際《みぎわ》の氷も
踏み分けてきた
あなたに惑され
けれどわたくしは　まどいなく、まっすぐに
あなたへとむかいます
ぼくには遠くツマがあるけれど

わたくしの返した歌はこうです。

降り乱れ
水際に積もっては
いつのまにか解けてしまう雪

水際に落ちて　そのまま凍っている雪もあります。
もしわたくしが雪ならば
降っている途中の雪でしょう
あの　ナカゾラに
降りながらにして　消えてしまいたい

自分で詠んで、驚きました。ナカゾラに消えてしまいたいだなんて。そんなことを、このわたくしは、思っていたのでしょうかしら。思っていたのですね。ふるえおののき、はずかしくて、その文言を消そうとしましたら、あのかたが怒りました。

あのひとと、このひと。ふたりの男のあいだにはさまれたこのわたくしのありさまを、ナカゾラという言葉が、あらわしていると言って。わたくしはそくざに、紙を破りました。

その通りだったからです。あのひとでもない、このひとでもない、そのどちらにも、きめあぐねている、このわたくしを、ナカゾラという言葉は、あまりに正しく言い当てた。わたくしは自分が言葉を書いたのだとは思えませんでした。むしろ、言葉がわたくしを書いたのだ。

あのころはよく、川の声、舟の声を聞いたものです。

声は次第に、高ぶり、尖《とが》ってきて、しきりに、目覚めよ、と警告します。

わたくしときたら、ずうっと夢を見ているようなありさまで、目を開けているのに、眠っているような、それでいて、身体《からだ》ばかりが、ほっほっと、熱くなって、あのかたを求めているのです。

対岸の隠れ家に渡って二日目の朝、右近が新しい着物を届けてくれました。濃紫の袿《うちき》、紅梅の織物。乱れに乱れた髪を、若い侍従に梳《くしけず》ってもらいます。櫛《くし》は幾度も、つっかかって、通るまでにはずかしいくらいに、時間がかかります。

こんなに愛されてまあ。好きもの同士だね。

皆がさんざんに思っているであろう胸の内を想像して、わたくしはとても恥ずかしかった。

別の侍従は、褶《しびら》を腰に巻きつけていましたが、それを見て、あのかたは、それをはずさせて、わたくしに着けるよう命じられました。洗面の手伝いをするように言われたのです。女房たちではなく、このわたくしに、そんな世話をやいてほしかったのでしょうか。意味もわからぬまま、あのかたの求められるままに、わたくしはなんでもいたしました。

いま、このときから、過去を見返すと、わたくしという若い女の、その素直さ、空っぽさ加減に、苦笑いをしてしまいます。

歳《とし》はひとつずつ、とるものではありませんね、それは幸福なとりかたというものでしょう。ときにひとは、どっと年老いる。

あのかたに愛されて以後、わたくしは深い谷のように、内面がごっそりと老《ふ》けたように感じます。

こんなところを母が見たら、どのように思うだろうか。この期《ご》に及んでも、がっかりさせたくなくて、母の姿が頭をよぎるのです。

ともかくも、二日間の放蕩《ほうとう》は終わりました。わたくしは、体から見えない蜜《みつ》をしたたらせ、ユラユラ、愉楽の舟となって宇治へ戻りました。

頭の芯《しん》は霞んだままです。

薫さんが、京にわたくしを呼んでくださるというので、母は、優秀な女房や、かわいい、性質のいい女童《めのわらわ》を雇い入れましょうと、いろいろ算段をねってくださいますが、考えただけで、はきそうになり、むかむかとして、すこしの食べ物も、のどを通りません。

京へ戻られたあのかたのうわさも聞こえてきます。あのとろけるような二日間で、あのかたはすべての精力を使い果たしてしまったのでしょう、病いに臥《ふ》せっているらしい。

うつらうつらと夢ごこちに入るたびに、あのかたが枕《まくら》に立ち、それはわたくしがあのかたを夢見るというよりも、あのかたの魂が、あのかたをすり抜けて、わたくしのもとへと、したいよってきているかのような気がいたします。

肉体が求めるままに、選ぶことができたら、簡単なことでした。薫さんが、京にわたくしの家を造ってくださっている。その準備も、どんどんどんどん進んでしまっていて、秘密の汚水が、息もできぬほどの高さに、わたくしの胸を浸し始めています。

春の嵐《あらし》の一日です。はげしい雨が降り、空が落ちてくるような雷が、とどろき鳴っています。

ぴかり。がらがらがらがらっ。ぴかっ。どっかぁぁぁぁん。ごおぅぅっっっっっ。

空には一匹の咆《ほ》える虎《とら》がいます。のしりのしりと獲物を狙《ねら》い、我が物顔にのさばり歩いています。おそろしいのですけれど、胸がすかっとする。雷の、はげしい力に、打たれ死んでしまいたいと、唐突に思います。わたくしは雷が大好きです。もっと、とどろけ。もっと。

そんな折、ふたりからの手紙をもって使者がやってきました。最初に届いたのがあのかたの文《ふみ》、それから薫さん。

あのかたの手紙は、こまごまとして長く、ご自分の気持ちばかりが綿々と書いてある。小さな文字が連なって。

きみを思い、宇治の方角に
長雨の空を眺めれば
真っ暗にくもり
晴れ渡らない
わびしいよ

どこまでも自分が中心のひと。あきれるほどに、ご自分の気持ちが大事なひと。わたくしの苦しみは、慮《おもんぱか》ることもない。それでいいのだけれど、そこがおかしい。おおらかに育った方なのですね。

しばらくしてから、今度は薫さんの手紙が届けられました。

長い春の雨が降ったことだね
遠くの里人、きみよ。
どうしていますか。

わたくしはどうにも晴れない心を抱いて、長雨を眺めて暮らしていますよ。

真っ白な紙に、端正な文字が、水の流れのごとく書きつけられてある。ああ、いかにも薫さんらしい。愛されている自分が誇らしくなります。

匂宮さまは、他人の思惑など気にせず、ただ自分の思うままに行動なさる。薫さんは、実直《まめ》なかた。いつも体裁を考えていらっしゃる。正室の女二の宮さんに、きちんと断りをいれ、言い訳をして、わたくしを京へ、呼ぼうとなさっている。

こんなあれこれを、比べている自分に、自分でも嫌気を覚えていますと、侍女たちの、品定めの様子が聞こえてきます。

若い女房のひとりは、わたくしが匂宮さまに心移りをしたと決め付けます。それを聞いて、右近がはげしく薫さんを援護する。「薫の大将さまは、品格のある、真にりっぱなお方です」と。そして宮さまを、「好色極まりなく、見境もなく、あらゆる女に声をかける男だ」と憤《いきどお》っています。その怒り方が、あまりに純粋で激しいものですから、おや、右近は、もしや、あのひとに言い寄られたのではないかとわたしのなかに疑念がわきました。黒い雲が心に広がっていきます。

御心の誠実さでは、確かに宮さまは、薫さんに劣るかもしれません。でも、そんなだらしのないあのかたを、わたくしはこうして、忘れられない。自分がわからなくて、ただもう混乱しています。

こんなありさまを、とても母には言えないけれど、母に会いたい。この地を離れて母の元で、しばらくぼんやりしていたい。「石山寺に、いっしょに詣《もう》でてはくださいませんか」と母へ手紙を送りました。実は、以前、母と石山詣の約束をしていた、まさにその日に、あのかたがどうしても会いたいとやっていらしたことがあった。結局、母の使いの者に、あいにく月のものにかかってしまってと、嘘《うそ》を言って約束を反故《ほご》にしたことがあったのです。もしかしたら、母は何もかもを見通していたかもしれないけれど。

しばらくして、母から返事がありました。何かと身辺が忙しく、石山寺などに詣でている時間もないといいます。

そういいながら、どうやって時間を作ってくださったのか、ある日、母がわざわざ宇治まで出てきてくれました。

そして、わたくしを一目見るなり、

「あらまあ、ひどい顔色。だいじょうぶなの」

わたくしは臥せったままで、母に顔を向け、ようやくのこと、微笑《ほほえ》みました。

まだ、何も知らない母は、薫さんが気持ちをかけてくれていることを、ただもう、ありがたく思っています。

ああ、おかあさん。わたくしを連れて再婚した母は、周囲にいつも、何かと気を遣いながらすごしています。わたくしの異母姉にあたる、亡《な》き大君《おおいぎみ》さまや中の君さまと比べては、わたくしを不憫《ふびん》に思われている様子が伝わってきます。

かつてわたくしが、婚約破棄の憂《う》き目を見たことも、わたくし自身は、もう気にしていないけれども、母の方が、いつまでも癒《い》えない傷と思っているのです。そんな母が、時にわたくしの重荷です。

けれどそのように、結びついた母にさえ、わたくしが薫さんを裏切って、ここまで深くあのかたに耽溺《たんでき》してしまっているということは、容易に話せるものではありません。

月の光が川面《かわも》に反射して、昼間のようにまぶしい夜です。

宇治川の水音は高くはげしいとき、わたくしを責め立て、低く穏やかなときには、子守唄《こもりうた》のようになぐさめてくれる。

母がふたたび、やってきて言います。薫さんのいる京へあがるについては、女二の宮さんにくれぐれも気をつかって、問題がおこらないように、下手に出なさいよ、と。

わかってる。みんな、いちいち、わかっています。そういうことばかりを、母はやさしく、わたくしに説く。

そうして、それじゃあね、と帰っていこうとされるので、急に心細くなり、待ってくださいな、おかあさん、もうすこし、おそばにいたいのです、常陸介《ひたちのすけ》さまのお屋敷へ、わたくしもいっしょに参りたい、と泣きながら言った。

母もまた、そうしてあげたいがと、泣いて言います。嫁ぎ先に難儀しているかたがいて、帰らねばならない。わたくしの異父妹、再婚先で生んだ子供がいて、そのかたのお産が迫っているのでした。

娘よ、ごめんなさい、なにもしてあげられません、ごめんなさいね、わたくしの身分もこんなで、と、理由のすべてを、かきあつめながら、母は泣きました。

水の中から声がします。それは水の中からわたくしをきり無く、呼ぶ声です。その声に、水音がかぶさってきて、頭のなかがさわがしい。痛い、痛い。頭が痛い。頭のなかに、幻の洪水が氾濫《はんらん》します。暴力の水に、押し流されていく小さなわたくし、小さなわたくし……。押し流されていく、運ばれていく。川はわたくしをどこへ、連れていくのでしょう。

薫さんとあのかたから、頻繁に文が来ます。手紙の使者が、かちあってしまうこともあります。そうこうするうちに、薫さんは、宮さまとわたくしの情事に、感づいておしまいになりました。こんな文が届いたのです。

　末の松山を波が越える
　(きみの心がほかの人に移る)
そうとも知らず
ああ、あなたは、わたくしを待っていたのではなかったのですか
わたくしをどうぞ笑いものにしてくださるな

わたくしの心臓は、水浸しになりました。薫さんはおそらく、すべてを知った。恋するもののあいだには、真実しか通さない、高圧電流のトンネルがあるのです。策略などしなくとも、ただ、ほうっておくだけで、ものごとが、すべてあきらかになってくる。

わたくしは真におそろしくなりました。必死にうそをついて、薫さんに、返事を書きます。手紙を返すだなんて、ものすごく失礼なことだけれど、これをうけとるわけにはいきません。わたくしのぼーっとした頭が、いきなりぐんぐんと高速回転で回り始めます。その手紙に、わたくしは、こう、切り返しました。

宛先違《あてさき》いのように思われますから、そのまま、この手紙、お返ししますけれど、なんでしょうか、なにごとも、このごろでは不安に感じられて。

すこしばかりの真実をまぜ、それを自分への言い訳にいたしました。女房の右近にそれを託しましたが、しばらくしてから彼女が、顔色をかえて、殿のお手紙を返すなど、それは大変に不吉なことですよ、とわたくしに忠言します。だって、宛先が違うのだもの……と言い訳を言い終わらぬうちから、右近の尖った目が、わたくしを責める。

殿はもうなにもかもをご存知なのですよ。そう言う右近は、母のように、すべてをすでに見通しているようです。右近という女が、いきなり、きゅうに、岩のように大きくなって、わたくしの前にたちはだかりました。

どちらかに、お決めなさいませ。

右近と侍従が、ふたりして、わたくしのかたわらにやってきて言います。

そのうえ、右近は、身の内のおそろしい話まで打ち明けてくれました。

彼女の姉さまが、同じようにふたりの男から、心を寄せられ、姉さまは、後の男をより好いていたところ、前の男が嫉妬《しっと》のあまり、後の男を殺してしまったとか。生き残った男はすべての役をはずされ、田舎に追放となったそうです。

お選びなさいませ。おひとりに。お決めなさいませ、おひとりに。さあ、さあ、さあ。気持ちがすこしでも傾くほうへ。はやく、はやく、はやく、一刻もはやく。たいへんなことにならないうちに。

頭が痛くなって、吐き気もするものですから、顔をうつぶせにして、丸まっていました。目を閉じて、小さくなって、生まれる前のところへ、戻りたいと思いました。

まわりのものたちは、どちらかというと、わたくしが匂宮さまにうんと傾いていると思っているようです。右近があれほど、薫さんの応援をするのも、わたくしが宮さまにすっかり引き込まれ、もはや引き返せないところへ来ていると、きっと危惧《きぐ》しているせいでしょう。けれどわたくしはわからないのです。どちらかを選ぶとはどういうことでしょう。それが解決なのでしょうか。選ばない道はないのでしょうか。

選ばない道。わたくしの目の前に、まだ誰も踏みしめていない、白い雪の道が伸びていきます。先のほうまで、きらきらと、無言で輝きながら伸びていきます。


ある日のことでした。宇治の家に、がらがらした声の、がっしりした体格の男がやってきました。目がとがっていて、野犬のようで。右近が面会しましたところ、大将殿（薫さんのことです）から、こちらを警備するよう、命を受けてやってきたとか。

そういえば、いつかも右近がうわさをしておりました。薫さんのような貴人の周囲を護衛する、内舎人《うどねり》と呼ばれるものがいて、この宇治の里にも、彼らの縁者たちがたくさん住んでいると。彼はそんなもののひとりかもしれません。いかにも腕っ節が強そうです。

聞けば、こちらに、よく知らぬところの男が出入りしていると聞き及び、気をつけて厳重に警備するよう、言われてきたとのこと。それこそは、あのかた、匂宮さまのことでしょう。

右近はおびえながら、ほらね、忠告したとおりになったでしょう。殿は、あのかたの出入りを、御承知なのですよと言います。わたくしを思ってのことなのでしょうが、彼女の言うことは、いちいち、わたくしを追い込んでいくのです。

そうこうしているうちに、今度は宮さまから、文が届きます。

古い松の巨木についた苔《こけ》の、乱れるほどまでにあなたを待っているのですよ、どうしているのですか、もう決心をつけたでしょう。

こちらにもまた、追い込むようなことばかりが、綿々と書き付けられてある。ああ、あの水のなかの声に唱和して、ナカゾラへと消滅できたら、どんなにか楽になれるだろう、とそんなことを次第に考えるようになりました。

身の回りをきれいにして、出かけよう。

白い道へ、踏み出す決心が、ある朝、静かに降りてきました。

京へとのぼる準備かとまわりのものは思っているようですけれども、わたくしは宮さまからいただいた手紙を、燃やしたり、川へ流したり、すこしずつ、処分してゆきます。

親より先に死んでしまうことが、どれほどの親不孝か。子もなしていないわたくしが、さらに大きな罪を重ねる気がいたします。

ようやく川の水もぬるみ始めて、ごうごうという水音に、さやさやという、やさしい春の調べが感じられるころ。それともあれは、柳の木が芽吹いて、芽と芽がこすれあって鳴っていた音でしょうか。

夜遅くなって、あまりに野犬がうるさく吠《ほ》え立てるものですから、誰かが来たことが知れました。お供の者たちが、その犬を追ったり避けたりしている声や、夜回りのときの、弓を弾き鳴らす音が、かすかに、わたくしの耳にも聞こえてきました。

侍従たちが応対しているさなかに、あのかたの、悪魔のような匂《にお》いが、ふわっとわたくしの鼻をついたのです。匂うはずがない。見えないのですし、おそばにいるわけでもないのに。でもわたくしの鼻は、たしかにあのかた、宮さまをとらえた。

あのかたが、その匂いのなかに、あまりにありありと存在されました。実体などない。男とは、あの匂いのようなものだったのかもしれませんね。

そして、その日、かなり遅くになって、わたくしは侍従から、確かに宮さまが、やってきたことを聞きました。幻かと思った匂いは、やはり現《うつつ》のことだったようです。警備のものが、始終、見張っているし、憔悴《しょうすい》したわたくしに、誰一人として、あのかたをひきあわそうとするものなど、おりません。それになによりも、わたくしじしんに、その気持ちはもう、ありません。

あのかたは、侍従たちにひきとめられて、その足で帰っていかれたのでした。お気の毒と、追い返すほうも涙を流したようです。でも、もはや、いたしかたありません。

どこへこの身を
どこへこの身を捨てたらよいものかと
野犬のようにうろついて
山道を　泣きながら彷徨《ほうこう》するわたくし
白い雲がかからぬ山はない
そんな山道をくだりますよ
あなたに会えず　泣きながら　泣きながら

あのかたが、そんな歌を詠《よ》んだと風のたよりに聞きました。

あれやこれやを思い出しながら、横になっていますと、たえまなく涙が目からあふれ、まぶたは、ぶくぶくとふくれあがって、枕《まくら》が濡《ぬ》れます。やがて涙は川となり、枕はその川のなかを、ぷーかぷーかと、まるで誰かの死体のように、浮きつつ流れ、遠くなっていく。

ああ、そういえば、宇治川には、ときどきとんでもないものが流れてくるのですよ。かつてわたくしは見たことがあります。枕もありましたし、本の類《たぐい》も。どんなかたが、どんな理由で、捨てられたのか。櫛《くし》やら、帯、文なども、水にとけずに、まだ鮮明に文字を浮かび上がらせて、ふと、はしたないけれども、拾い上げて、読んでみたくなるくらいの、まあたらしさ。それから血にまみれた胎児が流れてきたこともある。ほんとです。

そうしてこのたび、わたくしの捨てた文も、宇治川をくだっていく。文字が意味をほどくまで、長い時間をかけながら、流れていくのでしょう。いっそ、文でなく、このわたくしを流してしまったら。

川の水よ。わたくしをたちまちのうちに、分解して、骨までをも細かく岩に砕いて、流し流して、どうぞ、微塵《みじん》も残してくれるな。

翌朝は、見苦しいほどにまぶたがはれました。思うに今までも、幾度、泣いては目覚め、醜い顔を、侍女たちにさらしたことか。それでも今朝ほどの、まぶたの重さは、今まで経験したことがありません。罪の重さにも感じられます。

ウキフネー、ウキフネー。

今朝もまた、水のなかからあの声が聞こえます。遠い異国のことばのようです。わたくしは浮く舟。ふみしめる大地を失った舟。ゆらゆらと、めらめらと、進みもせず、たゆたっているばかり。

形ばかり、掛け帯を肩にかけると、わたくしは声をあげて、お経を読みました。あのかたが、前に描いてくださった、男と女の同衾《どうきん》の絵を取り出して眺めます。思い出されるのは、さらさらと筆をとり、絵にしたててくださった、その間合いのよさ、ふっくらした手の、なめらかなうごき。

昨晩、追い返してしまったことが、返す返す、申しわけなく、心が絞られるような気持ちになります。

いまも、宮さまからは、お手紙がまいりますが、もはや手紙をお返しすることはありません。

なきがらさえも
この世に残していかなかったら
あなたはどこを「はか」(目当て・墓)として、わたくしを恨めばよいのでしょうね

自分の思いをそうして歌に託します。

宇治川は、そのはげしい流れによって、ひとの恨みを消してしまうのか、それとも、誰のうらみともわからなくなるまで、水音とともに流し続けるのか。

母からも文がまいりました。わたくしのことを心配してくれるのですが、その心配は、ほとんど、母がわたくしになりかわるようにして、丁寧に心に寄り添ってくださるものです。

母はとても不吉な夢を見たというのです。気がかりだ、すぐに行きたいけれど、妹の、例のお産が、むずかしくなっているようで、ひとときも離れては危険な状態のようでした。

母はせめて近くの寺で、御誦経《みずきょう》をあげさせなさいな、と言って、阿闍梨《あじゃり》宛の手紙を同封してきました。

早速に寺に使いを送ると、やがて、読経《どきょう》の鐘が、余韻を長くひきながら、聞こえてきます。

鐘の音が、長く引きながら
沈黙へと入る、ほんの手前
泣き声がして
あれはわたくしの声かしら
産声《うぶごえ》のよう
あの声が
届く瞬間に
わたくしのこの世でのいのちは
尽きるでしょう
母に伝えて

その歌を書いていると、寺から使いのものが、巻数《かんず》を持って帰ってきました。願いをかけた願主へと戻ってくるもので、お経の名前などが記入されているのです。わたくしはさきほどの歌を、そこに覚書のように、書き付けておき、巻数はものの枝に結わえつけておきました。

もう今晩は、京の母のもとへ、戻ることはできないと使者が言います。

歌は残りました。母へ届くか、届かぬか、それを見届ける時間も、もはやないでしょう。薫さんとも、あのかたとも、そして母とも、思えばいくつもの歌をかわしたものです。

ぼんやりしていますと、召し上がらないのは、よくないですよ、おゆづけなどはどうですかと乳母《めのと》がしきりにすすめてくれます。その表情のしわの深いこと、しょぼくれた灰色の目や、疲れた表情に、ああ、このひともすっかり歳《とし》を重ねたことだなあと、哀《かな》しくなりました。わたくしがいなくなったあと、この老女は、どうやって暮らしていくのでしょう。

すべて、眺める人や自然が、わたくしの死後の時間を帯びて見えます。

墨絵のなかに、暮らしているようです。

そんなとき、庭に目をやると、なんという花か、濃い紅色の小さな花が、たったひとつ、咲いているのが目に入りました。それを見たとき、涙が流れました。はやくお決めなさいませ。どちらかいっぽうに。はやく、はやく。

右近は相変わらず、そのように迫るのです。もはや、何を言っているのでしょう。わたくしは、心を決めております。選ぶのは、ナカゾラへと融《と》けていく白い道です。長い月日がたち、すっかり糊《のり》が落ちて、やわらかくなった着物のなんとやさしい感触。むかし、母の頬に頬をくっつけたことが思い出される。その衣を顔に押しあて、横になりました。

明方、床を抜け出し、宇治川へ降ります。

いつかのように、漂白された月の光が、うす暗い水面を照らしています。霧が出ている。

薄い白い衣を数枚、重ねて着ているだけです。寒いと感じるじぶんじしんを、わたくしは、他人のように感じています。

衣についた硬い糊が、水をはじいてしまいますけれど、水の勢いははげしくて、わたくしはそこに、寝にいくように、横たわるのです。それから、ずぶずぶと、水の中へ押し入って——。

ウキフネー、ウキフネー。

ようやっと来た、来たのね、やっと。水底からわたくしをひきずりこむような、低い女の声が、聞こえてきます。

長い髪を梳《くしけず》ってくれるのは、侍女ではありません。川の水です。着物の重なりが、空気を含んで、ちょうど浮き袋のようになっている。わたくしはなかなか水底へと沈みません。水の表を、ものすごい勢いで流されていくばかりです。

途中、長い髪の一部が、くびにまきついてしまいます。くるしい、くるしい、ほどこうとして、こんなことが大昔にもあったような気がいたします。母の胎内であったかもしれません。母とわたくしを結ぶ臍《へそ》の緒が、わたくしの首に幾重にもまきついていた？

そう、きっと、巻きついていた。

一枚の葉っぱのように、わたくしは優雅に、逝《ゆ》くこともできない。髪は、わたくしの顔一面を、海草のように覆《おお》う。それをはらいのけようとしながら、おお、わたくしは、まだ、生きようとしてもがくのです。ああ、この長い髪。女たちをこの世につなぎとめていた黒い鎖よ。

わたくしは海へと下っているのでしょうか。

下っているのではなく遡《さかのぼ》っているのではないかしら。

ウキフネー、ウキフネー。

あの声の源に向かって。

どんどんわたくしが遡っていきます。長い髪が抜け、次々ごっそりと抜け、頭は光り、はげ頭となり、衣は一枚、一枚、水にはがされ、むきたての湯気をたてる赤子誕生。

おぎゃあ。

到着したところは、宇治川の下流。

流木にもなれず、魚にもなれず、わたくしは、まだヒトの形を保っておりました。死ねなかった。

川の上にはりだした、古木の木の根に、薄い衣がからまっています。あれはわたくしのぬけがら。それともあれこそがわたくしかしら？

——舟は燃え尽き、燃えながら舟が語る物語は、ここでいきなり途切れました。

目覚めると、わたくしはひとり部屋のなか、すっかり寝入っておりました。下半身に冷えを感じたのは、スカートが、かなり上のほうまで濡れていたせいです。深い川でも渡ってきたように。

昨晩、源氏を読んでいて、その後の記憶がとぎれています。ついに、朝まで、寝てしまったのですね。

きょうは月曜日。会社に行かねばなりません。わたくしは、立ち上がって、すっかり濡れたスカートをはきかえました。

窓の外を見れば、庭に深紅の朝顔が、たったひとつだけ咲いています。最後の花という風情《ふぜい》で。その色の、哀しいこと、目にしみること。

今年の夏は、あの朝顔と源氏を支えに、なんとか生きることができた。今朝はいきなり、秋なのでした。わたくしの夏は、終わったのです。

執筆者紹介

江國香織（えくに・かおり）
一九六四（昭和三十九）年、東京生れ。短大国文科卒業後、アメリカに一年留学。二〇〇二（平成十四）年『泳ぐのに、安全でも適切でもありません』で山本周五郎賞、〇四年『号泣する準備はできていた』で直木賞を受賞。

角田光代（かくた・みつよ）
一九六七（昭和四十二）年、神奈川県生れ。早稲田大学卒。二〇〇五（平成十七）年『対岸の彼女』で直木賞、〇六年「ロック母」で川端康成文学賞、〇七年『八日目の蟬』で中央公論文芸賞を受賞。

金原ひとみ（かねはら・ひとみ）
一九八三（昭和五十八）年、東京生れ。二〇〇三（平成十五）年『蛇にピアス』ですばる文学賞受賞。翌年、同作で芥川賞を受賞した。作品に『アッシュベイビー』『オートフィクション』『ハイドラ』『ＴＲＩＰ　ＴＲＡＰ』など。

桐野夏生（きりの・なつお）
一九五一（昭和二十六）年、金沢市生れ。成蹊大学卒。九九（平成十一）年『柔らかな頬』で直木賞、二〇〇四年『残虐記』で柴田錬三郎賞、〇八年『東京島』で谷崎潤一郎賞受賞。『ナニカアル』で一〇年に島清恋愛文学賞受賞、同作で一一年に読売文学賞受賞。

小池昌代（こいけ・まさよ）
一九五九（昭和三十四）年、東京生れ。津田塾大学卒。二〇〇〇（平成十二）年に詩集『もっとも官能的な部屋』で高見順賞、一〇年に詩集『コルカタ』で萩原朔太郎賞を受賞。小説「タタド」で〇七年に川端康成文学賞受賞。

島田雅彦（しまだ・まさひこ）
一九六一（昭和三十六）年、東京生れ。東京外国語大学卒。在学中の八三年「優しいサヨクのための嬉遊曲」を発表。八四年『夢遊王国のための音楽』で野間文芸新人賞、九二（平成四）年『彼岸先生』で泉鏡花文学賞を受賞。

日和聡子（ひわ・さとこ）
一九七四（昭和四十九）年、島根県生れ。立教大学卒。二〇〇二（平成十四）年詩集『びるま』で中原中也賞受賞。詩集に『風土記』『虚仮の一念』、小説に『火の旅』『おのごろじま』

などがある。

町田康（まちだ・こう）

一九六二（昭和三十七）年、大阪生れ。八一年パンクバンド「ＩＮＵ」で、レコードデビュー。九六（平成八）年、処女小説「くっすん大黒」で野間文芸新人賞、二〇〇〇年「きれぎれ」で芥川賞、〇二年「権現の踊り子」で川端康成文学賞、〇五年『告白』で谷崎潤一郎賞、〇八年『宿屋めぐり』で野間文芸賞受賞。

松浦理英子（まつうら・りえこ）

一九五八（昭和三十三）年、松山市生れ。青山学院大学卒。七八年「葬儀の日」で文學界新人賞受賞、同作が芥川賞候補に。九四（平成六）年『親指Ｐの修業時代』で女流文学賞、二〇〇八年『犬身』で読売文学賞を受賞。

この作品は平成二十年十月新潮社より刊行された。

江國香織著

きらきらひかる

二人は全てを許し合って結婚した、筈だった……。妻はアル中、夫はホモ。セックスレスの奇妙な新婚夫婦を軸に描く、素敵な愛の物語。

江國香織著

こうばしい日々

坪田譲治文学賞受賞

恋に遊びに、ぼくはけっこう忙しい。11歳の男の子の日常を綴った表題作など、ピュアで素敵なボーイズ&ガールズを描く中編二編。

江國香織著

つめたいよるに

愛犬の死の翌日、一人の少年と巡り合った女の子の不思議な一日を描く「デューク」、デビュー作「桃子」など、21編を収録した短編集。

江國香織著

ホリー・ガーデン

果歩と静枝は幼なじみ。二人はいつも一緒だった。30歳を目前にしたいまでも……。対照的な女性二人が織りなす、心洗われる長編小説。

江國香織著

流しのしたの骨

夜の散歩が習慣の19歳の私と、タイプの違う二人の姉、小さな弟、家族想いの両親。少し奇妙な家族の半年を描く、静かで心地よい物語。

江國香織著

すいかの匂い

バニラアイスの木べらの味、おはじきの音、すいかの匂い。無防備に心に織りこまれてしまった事ども。11人の少女の、夏の記憶の物語。

江國香織著　ぬるい眠り

恋人と別れた痛手に押し潰されそうだった。大学の夏休み、雛子は終わった恋を埋葬した。表題作など全9編を収録した文庫オリジナル。

江國香織著　雨はコーラがのめない

雨と私は、よく一緒に音楽を聴いて、二人だけのみちたりた時間を過ごす。愛犬と音楽に彩られた人気作家の日常を綴るエッセイ集。

江國香織著　ウエハースの椅子

あなたに出会ったとき、私はもう恋をしていた。出会ったとき、あなたはすでに幸福な家庭を持っていた。恋することの絶望を描く傑作。

江國香織著　がらくた
島清恋愛文学賞受賞

海外のリゾートで出会った45歳の柊子と15歳の美しい少女・美海。再会した東京で、夫を交え複雑に絡み合う人間関係を描く恋愛小説。

角田光代著　キッドナップ・ツアー
産経児童出版文化賞・路傍の石文学賞受賞

私はおとうさんにユウカイ(＝キッドナップ)された！　だらしなくて情けない父親とクールな女の子ハルの、ひと夏のユウカイ旅行。

角田光代著　真昼の花

私はまだ帰らない、帰りたくない――。アジアを漂流するバックパッカーの癒しえぬ孤独を描いた表題作ほか「地上八階の海」を収録。

角田光代著
おやすみ、こわい夢を見ないように

もう、あいつは、いなくなれ……。いじめ、不倫、逆恨み。理不尽な仕打ちに心を壊された人々。残酷な「いま」を刻んだ7つのドラマ。

角田光代著
さがしもの

「おばあちゃん、幽霊になってもこれが読みたかったの?」運命を変え、世界につながる小さな魔法「本」への愛にあふれた短編集。

角田光代著
しあわせのねだん

私たちはお金を使うとき、べつのものも確実に手に入れている。家計簿名人のカクタさんがサイフの中身を大公開してお金の謎に迫る。

角田光代
鏡リュウジ著
12星座の恋物語

夢のコラボがついに実現! 12の星座の真実に迫る上質のラブストーリー&ホロスコープガイド。星占いを愛する全ての人に贈ります。

角田光代著
予定日はジミー・ペイジ

妊娠したのに、うれしくない。私って、母性欠落? 運命の日はジミー・ペイジの誕生日。だめ妊婦かもしれない〈私〉のマタニティ小説。

金原ひとみ著
ハイドラ

出会った瞬間から少しずつ、日々確実に、発狂してきた――。ひずみのない愛を追い求めては傷つく女性の心理に迫る、傑作恋愛小説。

桐野夏生著　ジオラマ

あたりまえのように思えた日常は、一瞬で、あっけなく崩壊する。あなたの心も、変わってゆく。ゆれ動く世界に捧げられた短編集。

桐野夏生著　冒険の国

時代の趨勢に取り残され、滅びゆく人びと。同級生の自殺による欠落感を埋められない主人公の痛々しい青春。文庫オリジナル作品！

桐野夏生著　魂萌え！（上・下）
婦人公論文芸賞受賞

夫に先立たれた敏子、五十九歳。「平凡な主婦」が突然、第二の人生を迎える戸惑い。そして新たな体験を通し、魂の昂揚を描く長篇。

桐野夏生著　残虐記
柴田錬三郎賞受賞

自分は二十五年前の少女誘拐監禁事件の被害者だという手記を残し、作家が消えた。折り重なった虚実と強烈な欲望を描き切った傑作。

桐野夏生著　東京島
谷崎潤一郎賞受賞

ここに生きているのは、三十一人の男たち。そして女王の恍惚を味わう、ただひとりの女。孤島を舞台に描かれる、〝キリノ版創世記〟。

小池昌代著　タタド
川端康成賞受賞

海辺のセカンドハウスに集まった五十代の男女四人。暴風雨の翌朝、その関係がゆらめいて——。日常にたゆたうエロスを描く三編。

町田康著 夫婦茶碗

あまりにも過激な堕落の美学に大反響を呼んだ表題作、元パンクロッカーの大逃避行「人間の屑」。日本文藝最強の堕天使の傑作二編！

円地文子訳 源氏物語（一〜六）

永遠の名作『源氏物語』。原作の雅やかな香気と陰翳が、女流ならではの想像力と円熟の筆で華麗によみがえる。現代語訳の決定版。

田辺聖子著 新源氏物語（上・中・下）

平安の宮廷で華麗に繰り広げられた光源氏の愛と葛藤の物語を、新鮮な感覚で「現代」のよみものとして、甦らせた大ロマン長編。

田辺聖子著 新源氏物語 霧ふかき宇治の恋（上・下）

貴公子・薫と恋の川に溺れる女たち。巧みな構成と流麗な文章で世界の古典を現代に蘇らせた田辺版・新源氏物語、堂々の完結編！

瀬戸内寂聴著 比叡

恋多き人生を重ねてきた俊子にとって、出家とは自分を葬ることではなく、新しく生きることだった。愛と情熱の軌跡を描く長編。

瀬戸内寂聴著 秘花

能の大成者・世阿弥が佐渡へ流されたのは七十二歳の時。彼は何を思い、どのような死を迎えたのか。世阿弥の晩年の謎を描く大作。

村上春樹著 **神の子どもたちはみな踊る**

一九九五年一月、地震はすべてを壊滅させた。そして二月、人々の内なる廃墟が静かに共振する——。深い闇の中に光を放つ六つの物語。

村上春樹著 **海辺のカフカ**（上・下）

田村カフカは15歳の日に家出した。姉と並んだ写真を持って。世界でいちばんタフな少年になるために。ベストセラー、待望の文庫化。

村上春樹著 **東京奇譚集**

奇譚＝それはありそうにない、でも真実の物語。都会の片隅で人々が迷い込んだ、偶然と驚きにみちた5つの不思議な世界！

宮部みゆき著 **レベル7《セブン》**

レベル7まで行ったら戻れない。謎の言葉を残して失踪した少女を探すカウンセラーと記憶を失った男女の追跡行は……緊迫の四日間。

宮部みゆき著 **火車** 山本周五郎賞受賞

休職中の刑事、本間は遠縁の男性に頼まれ、失踪した婚約者の行方を捜すことに。だが女性の意外な正体が次第に明らかとなり……。

宮部みゆき著 **理由** 直木賞受賞

被害者だったはずの家族は、実は見ず知らずの他人同士だった……。斬新な手法で現代社会の悲劇を浮き彫りにした、新たなる古典！

山田詠美著

蝶々の纏足・風葬の教室
平林たい子賞受賞

私の心を支配する美しき親友への反逆。教室の中で生贄となっていく転校生の復讐。少女が女に変身してゆく多感な思春期を描く3編。

山田詠美著

アニマル・ロジック
泉鏡花賞受賞

黒い肌の美しき野獣、ヤスミン。人間動物園、マンハッタンに棲息中。信じるものは、五感のせつなさ……。物語の奔流、一千枚の愉悦。

山田詠美著

PAY DAY!!!
【ペイ・デイ!!!】

『放課後の音符』に心ふるわせ、『ぼくは勉強ができない』に勇気をもらった。そんな君たちのための、新しい必読書の誕生です。

唯川恵著

だんだん
あなたが遠くなる

涙、今だけは溢れないで——。大好きな恋人と大切な親友のため、萩が下した決断は。悲しみを糧に強くなる女性のラブ・ストーリー。

唯川恵著

恋せども、愛せども

会社員の姉と脚本家志望の妹。郷里の金沢に帰省した二人は、祖母と母の突然の結婚話に驚かされて——。三世代が織りなす恋愛長編。

唯川恵著

22歳、季節が
ひとつ過ぎてゆく

征子、早穂、絵里子は22歳の親友同士。だが絵里子の婚約を機に、三人の関係に変化が訪れる——。恋に友情に揺れる女の子の物語。

乃南アサ著　**しゃぼん玉**

通り魔を繰り返す卑劣な青年が山村に逃げ込んだ。正体を知らぬ村人達は彼を歓待するが。涙なくしては読めぬ心理サスペンスの傑作。

乃南アサ著　**風の墓碑銘《エピタフ》（上・下）**

民家解体現場で白骨死体が発見されてほどなく、家主の老人が殺害された。難事件に『凍える牙』の名コンビが挑む傑作ミステリー。

乃南アサ著　**いつか陽の あたる場所で**

あのことは知られてはならない――。過去を隠して生きる女二人の健気な姿を通して友情を描く心理サスペンスの快作。聖大も登場。

佐藤多佳子著　**しゃべれども しゃべれども**

頑固でめっぽう気が短い。おまけに女の気持ちにゃとんと疎い。この俺に話し方を教えろって？「読後いい人になってる」率100％小説。

佐藤多佳子著　**神様がくれた指**

都会の片隅で出会ったのは、怪我をしたスリとオケラの占い師。「偶然」という魔法に導かれた都会のアドベンチャーゲームが始まる。

佐藤多佳子著　**黄色い目の魚**

奇跡のように、運命のように、俺たちは出会った。もどかしくて切ない十六歳という季節を生きてゆく悟とみのり。海辺の高校の物語。

梨木香歩著

家守綺譚

百年少し前、亡き友の古い家に住む作家の日常にこぼれ出る豊穣な気配……天地の精や植物と作家をめぐる、不思議に懐かしい29章。

梨木香歩著

ぐるりのこと

日常を丁寧に生きて、今いる場所から、一歩一歩確かめながら考えていく。世界《ぐるり》と心通わせて、物語へと向かう強い想いを綴る。

梨木香歩著

沼地のある森を抜けて

紫式部文学賞受賞

はじまりは、「ぬかどこ」だった……。あらゆる命に仕込まれた可能性への夢。人間の生の営みの不可思議。命の繋がりを伝える長編。

恩田陸著

夜のピクニック

吉川英治文学新人賞・本屋大賞受賞

小さな賭けを胸に秘め、貴子は高校生活最後のイベント歩行祭にのぞむ。誰にも言えない秘密を清算するために。永遠普遍の青春小説。

恩田陸著

中庭の出来事

山本周五郎賞受賞

瀟洒なホテルの中庭で、気鋭の脚本家が謎の死を遂げた。容疑は三人の女優に掛かるが。芝居とミステリが見事に融合した著者の新境地。

恩田陸著

朝日のようにさわやかに

ある共通イメージが連鎖して、意識の底にある謎めいた記憶を呼び覚ます奇妙な味わいの表題作など14編。多彩な物語を紡ぐ短編集。

新潮文庫最新刊

西村賢太著
随筆集
一私小説書きの弁
極貧の果てに凍死した大正期の作家・藤澤清造。清造に心酔し歿後弟子を任ずる私小説家が、「師」への思いを語り尽くすエッセイ集。

石原たきび編
ますます酔って記憶をなくします
駅のホームで正座で爆睡。無くした財布が靴から見つかる。コンビニのチューハイを勝手に飲む……酒飲みによる爆笑酔っ払い伝説。

佐藤和歌子著
悶々ホルモン
一人焼き肉常連、好物は塩と脂。二十代女性ライターがまだ見ぬホルモンを求め歩いた、個性溢れるオヤジ酒場に焼き肉屋、全44店。

こぐれひでこ著
こぐれひでこのおいしいスケッチ
料理は想像力を刺激する。揚げソラマメに、イチゴのスパゲティ……思いがけない美味に出会える、カラーイラスト満載のエッセイ集。

齋藤愼爾著
寂聴伝
—良夜玲瓏—
「生きた　書いた　愛した」自著タイトルにもしたスタンダールの言葉そのままに生きる瀬戸内寂聴氏八十八歳の「生の軌跡」。

東郷和彦著
北方領土交渉秘録
—失われた五度の機会—
領土問題解決の機会は何度もありながら、政府はこれを逃し続けた。対露政策の失敗を内側から描いた緊迫と悔恨の外交ドキュメント。

源氏物語《げんじものがたり》 九《ここの》つの変奏《へんそう》

新潮文庫　え－10－52

平成二十三年五月一日発行

著者　江國香織　角田光代　金原ひとみ　桐野夏生　小池昌代　島田雅彦　日和聡子　町田康　松浦理英子

発行者　佐藤隆信

発行所　株式会社新潮社

郵便番号　一六二―八七一一
東京都新宿区矢来町七一
電話　編集部（〇三）三二六六―五四四〇
　　　読者係（〇三）三二六六―五一一一
http://www.shinchosha.co.jp

価格はカバーに表示してあります。

乱丁・落丁本は、ご面倒ですが小社読者係宛ご送付ください。送料小社負担にてお取替えいたします。

印刷・大日本印刷株式会社　製本・憲専堂製本株式会社

ISBN978-4-10-133962-7 C0193